龍雲
作品

龍雲
作品

龍雲 著 啻異 繪
黃泉委託人
幻世新娘

幻世新娘

人物簡介

謝任凡

二十八歲，身高一百七十幾公分，一名看似平凡的男子，在黃泉界卻有一個響噹噹的名號——「黃泉委託人」。在陰年陰月陰時陰分出生的極陰之子，擁有強大的靈力與陰陽眼，藉著自己的能力，替鬼辦事收取酬勞為生。擁有兩個鬼老婆，能與鬼稱兄道弟，卻不擅長與人交往。

白方正

三十歲，擁有將近兩百公分，及近百公斤的高大壯碩身材，與外型相反的是，他十分怕鬼。操守中正，個性中規中矩，正義感十足。在與任凡結識後，意外的透過鬼和任凡破了許多棘手的案件，因而搖身變成警界最炙手可熱的超級救世主。

小憐、小碧

兩人原為黑靈，現年約四十五歲，外表則維持在死時十八歲的青春美貌。在任凡的感化下，化解了兩人的怨氣，並一起成為任凡的妻子。兩人互認為異姓姊妹，比較成熟嫻淑的小碧是為姊姊，而比較俏皮可愛的小憐則為妹妹。

撚婆

年約七十，個子嬌小而法力高強的法師。為了學習法術，選擇了孤老終生作為代價，是孟婆在人間的十三個乾女兒中唯一還在世的。獨自撫養任凡長大，是任凡在人世間最為親近的乾媽。個性直來直往，退休之後獨自一人住在山區，過著簡樸的生活。

孟婆

撚婆的乾媽，任凡的乾奶奶，也是眾所皆知的遺忘之神，常駐於地獄的奈何橋邊。沾一滴孟婆所熬煮的孟婆湯，便能遺忘過去所有的記憶，方可投胎轉生。然而喝多了孟婆湯，則在重生後也無法記住事情，變成俗話中的白痴。

爐婆

撚婆的師妹，年過五十卻很時尚，三不五時還會烙英文。法力不凡，卻因為曾經說實話得罪過人，自此之後抱著遊戲人間的心情。曾經因為某件事情被逐出師門，因為撚婆的挺身而出，對撚婆充滿敬意。在任凡的一次委託中，成為了方正的乾媽、旬婆的乾女兒。

旬婆

數萬年前，在地獄與孟婆相爭失利，因而不被世人熟知。常駐於與奈何橋相對的奈落橋邊，並研發出能破解孟婆湯的旬婆湯，喝下肚便能讓人記起前世因緣。與任凡交換條件，達成協議後，令方正被迫成為她在人間界的乾孫子。

葉聿中

職業鬼差，穿著與黑白無常類似的服裝，人模人樣的外表下，卻有著讓人一看就知道不是人類的恐怖表情。與任凡是舊識兼死黨，平時看似是個遊手好閒的賭徒，必要時卻是個值得信任，經驗老到的鬼差。

張樹清

生前為方正在警界的大前輩，是名高階警官，死後則變成菜鳥鬼差。現年約五十歲，容貌則維持在死時四十五歲的模樣，除了穿著鬼差的制服，在其他地方看起來不過像是個膽怯老實的中年男子。與自己在世時眾多同居人之一的芬芳冥婚，過著分隔陰陽兩地的幸福生活，並努力學習當個稱職的鬼差。

溫佳萱

二十八歲，才貌兼具，年輕有為的女法醫。從小就擁有陰陽眼，在突破恐懼後比一般人更堅強，更有勇氣，也以自己的職業為天命。揭穿方正破案的手法後，成為其搭檔似的存在。

易木添

三十六歲，身形單薄，眼神卻透露出氣魄的法師。自小被廟公收養，聽遍天師黃鳳嬌（撚婆）的鬥法故事，以成為像天師一樣的高人為目標。自稱是任凡的宿敵，也視任凡為自己的唯一宿敵。

借婆

陰間的大人物，與孟婆、旬婆並稱黃泉三婆。手持有顆八卦球當杖頭的拐杖是她的註冊商標。相傳每兩個鬼魂中，就有一個欠債於借婆。是黃泉界的大債主，也是唯一可以插手因果的人物。與任凡因緣匪淺，在任凡不在的這段時間，擅自住進任凡的根據地。

伊陸發

黃泉界陰氣最弱的鬼魂之一，不管身為人還是鬼都一樣坎坷平凡，為了扭轉自己的命勢，決心在此生輪迴中，幹出驚天動地的大事，讓自己的人生可以掀起些許波瀾，不再平凡。

阿山

方正特別行動小組的組員。擁有陰陽眼，是個從小就成長在充滿迷信的家庭。有點吊兒郎當的個性，卻又有一堆奇怪的推論，常常讓方正與佳萓不知道該怎麼跟他溝通。邏輯與其他人不同，有屬於自己的一套邏輯。

楔子

回憶，是我們連接過去人事物的橋梁。

這裡，曾經是黃泉界的地標，如今只是充滿回憶的地方。

不管對陽界還是陰間來說，這裡都是一片沉靜，不，更貼切的形容詞是一片死寂。

因為這裡的寧靜漂浮著一股死氣沉沉的味道，不是單單只有安靜而已。

對陽間來說，這裡雖然左右都有大樓住宅，但是因為地點偏僻，所以只要一入夜，就會特別安靜。

再加上這裡地質屬陰，長年累月都有一堆鬼魂盤踞於其上，不需要有陰陽眼，只要體質不夠陽剛的人，一踏入這塊地，當下都會覺得渾身不對勁，因而坐立難安。

而對陰間來說，這裡原本應該是塊寶地，就連當初那個被陰間的鬼魂們稱為黃泉委託人的謝任凡居住在此時，也有一堆鬼魂跟著他一起生活在這塊土地上。

但是在任凡離去的現在，這裡卻是所有鬼魂避之唯恐不及的場所。

一切都是因為一個大人物的關係。

此刻，在任凡平常用來會見諸多鬼魂的辦公室中，她就坐在那裡，已經不知道多久了。

一切都只因為那大夜裡，她決定在一切開始之前，稍微回憶一下。

這個看似簡單，對她來說卻奢華的動作，在她記憶中的人生，從來沒有做過。

想不到這一回憶，竟過了數個月之久。

相傳，人在臨死之前或是感到性命危急時，會突然在眼前閃憶過自己的一生。

只是對人來說，那至多不過是一百年的縮影。

但是對她來說，這可是一條漫長的演化之路。

她是借婆。

一個黃泉界的傳奇，更是諸多鬼魂的大債主。

被人稱為三婆之一的她掌管因果，看盡人世間悲歡離合，許許多多過去的景象，浮現在眼前。

她看到那個為了天上仙女而來懇求的男孩。

她看到那個為了自身冤屈而來懇求的女子。

為了那個男孩，借婆八卦杖一敲，天上喜鵲化為橋，讓他得以與情人相會。

為了那個女子，借婆八卦杖一敲，六月人間下白雪，蓋其屍三尺以示其冤。

無數的臉孔，無盡的因果，七情六慾纏繞的人世間，就彷彿拉麵師傅手中的麵條般，上下擺盪，來回拉扯，終有斷線的一天。

在一切暴走、脫軌之前，借婆的八卦杖撫平了一切。

最後，一切又歸於平靜。

在回憶過許許多多人的臉之後，借婆看到了她的臉。

「三十年。」她說：「我想借三十年。」

當時的借婆，低頭不語。

「不，不是借。」她恨恨地說：「這是妳欠我的。」

普天之下，只有她，敢對借婆說出這樣的話。

借婆沉著臉，一言不發地凝視著她。

「怎麼？」她依舊心有不甘地說：「只知道向人討債的借婆，不習慣被別人討債嗎？」

借婆沉默依舊，雖然臉色鐵青，但是眼神卻閃動著五味雜陳的情緒。

「就三十年。」她態度軟化，語氣哽咽地說：「不給我，我怎麼都不甘心。」

借婆沉吟了一會，嘆了口氣，緩緩舉起八卦杖……

現實世界中的借婆緩緩張開雙眼，關起了那糾纏不清的回憶。

擱在一邊的八卦杖，是借婆從不離身的好夥伴。

原本靜靜地立在牆邊，這時開始緩緩地轉動杖頭的那顆八卦球。

借婆見狀，先是臉色一垮，然後輕輕地嘆了口氣。

該來的，終究會來。

任何故事，都有結束的一天。

每個傳奇，也都會畫下句點。

這會是借婆最後一次親臨人間，也是她最後一次撼動這個世界。

只要討完這筆債，她借婆的人生就要畫上句點。

但是，這也是她漫長人生中，最不想討的一筆債。

就好像一場萬眾期待，精采無比的好戲，緩緩拉開了序幕。

只是等待著借婆的戲，一向都不是千人喝采，而是萬人哀嚎的地獄景象。

第1章・生死重逢

1 多年前的婚宴

——學姐，妳覺得阿邦學長人怎麼樣？

在溫佳萱的印象中，茗蒔學妹問的那句話就好像昨天的事一樣。

自己現在卻已經站在兩人婚禮上，以媒人的身分一起分享兩人的喜悅。

在這場簡單的婚禮，來的全部都是兩人醫學院的同學。

如果不是茗蒔學妹那一身新娘白紗，看起來還比較像是同學會。

「不覺得奇怪嗎？」

「妳是說急著結婚嗎？也是，大家都這麼說。」

「不是啦，妳看看來的賓客，都是我們學校的同學耶。」

「是耶，雙方家長都沒來，這還真是奇怪啊。」

「欸，你們還沒聽說嗎？」

「什麼？什麼？」

「他們兩個為了結婚，已經跟家裡的人撕破臉了。」

類似這樣的耳語，在婚宴的歡鬧聲底下，偷偷地傳遍了整個宴席。

表面上，大家都祝福著兩人，但是再怎麼說，這一場沒有雙方家人的婚禮，除了歡鬧之外，更多的是同情與不捨。

對佳萱而言，這種感覺更是強烈。

一個是她的同學，另一個是她的直屬學妹。

這兩人的交往，佳萱是最清楚的。

因為當時茗蒔學妹還找過自己，聊過她跟阿邦之間的交往情況。

佳萱實在不懂，為什麼這兩個人，沒有辦法得到家人的祝福。

陪著兩人，一桌桌敬酒的時候，佳萱看著兩人的背影，想起了在婚宴開始之前，在準備室中，茗蒔跟自己的那段對話。

「學姐，可以答應我一件事情嗎？」

「嗯？我酒量可不好喔。」佳萱苦笑著說：「幫妳擋酒這種工作，妳還是找阿邦比較合適。」

茗蒔笑著搖了搖頭。

這時，佳萱注意到了茗蒔臉上，閃過的那一抹陰鬱。

「如果有一天，我出現在妳的解剖台上。」茗蒔面無表情地說：「答應我，不要解剖我，讓我安靜地去吧。」

「啊？」佳萱張大了嘴，不敢相信自己的耳朵。

這是多麼觸楣頭的話啊，現在這個時候，是每個女人夢寐以求的一刻，有誰會想到自己的死亡啊？

更何況還是出現在即將成為法醫的佳萱解剖台上，不就意味著她「期待」或「預料」自己的未來可能會被人殺害？

佳萱開口，想要問個清楚，但卻被外面一擁而來的同學，打斷了談話。

婚宴就這樣開始了。

兩人的甜蜜很快就讓佳萱忘記了這件事情，一直到此刻陪著兩人敬酒時才想起。

但是這時的兩人已經酒酣耳熱，再加上熱鬧的氣氛，讓佳萱根本沒有機會把事情問個清楚。

婚宴當晚，佳萱沒有找到機會探出究竟，本來還打算回學校之後再問，誰知道那天的婚宴之後，兩人離開了學校，從此人間蒸發，沒有人知道兩人的去向。

更奇特的是，就連兩人的家長，也絲毫沒有任何反應，就好像對兩人的失蹤了然於胸一樣。

就這樣，佳萱一直沒有辦法找到茗蒔問清楚，到底兩人之間發生了什麼樣的事情，這讓佳萱耿耿於懷。

這件事情，一直深埋在佳萱心中。

每次只要有無名屍出現，總會讓佳萱想起當時的茗蒔學妹。

擁有陰陽眼的佳萱，做起法醫的工作特別得心應手，常常都會發現很關鍵的地方，幫助許多刑警解決了難纏的案件。

後來在一起案件中，因緣際會認識了方正，兩人因為陰陽眼的關係，很快就熟識了起來。

於是在方正特別行動小組成立之際，方正立刻將佳萱網羅到旗下，成為行動小組專屬的法醫。

特別小組所接收的案件，多半是各地警方陷入僵局的難解案件，也因為這樣，三不五時會接手一些無名屍，也算是特別行動小組的例行工作。

對能直接詢問死者身份的方正特別行動小組來說，這份工作也算得心應手，幾乎在接手案件之後，跑一趟現場就能確定死者身分，所以佳萱接觸到無名屍的機會，可說微乎其微。

這讓佳萱逐漸淡忘了這件事情。

一直到今天……

做夢也想不到，在兩人音訊全無的多年後，茗蒔會躺在自己的解剖台上。

這真是讓人不堪的重逢啊。

佳萱愣愣地看著躺在解剖台上的茗蒔。

比起大學時，茗蒔整個人消瘦了不少。

歲月在她身上留下了難以抹滅的傷痕，光是看那些舊傷，佳萱不敢想像兩人不見的這幾年，茗蒔到底過著什麼樣的日子。

這些日子他們究竟消失到哪裡去了？

他們又是怎麼過日子的？

當年為什麼要不告而別？

許許多多的問題，佳萱都沒有答案，面對她的只有這具冰冷的遺體。

手上的解剖刀，落在茗蒔的肌膚上，但卻遲遲下不了刀。

腦海裡面盡是當年婚宴時的那句話。

「如果有一天，我出現在妳的解剖台上。答應我，不要解剖我，讓我安靜地去吧。」

佳萱看著茗蒔的臉龐，淚水緩緩滑落。

「小蒔，我到底……該怎麼做？」

2 警察大學招生

一個頭戴黑色頭套的男子，以飛快的速度穿梭而過。

男子只露出雙眼，邊跑還邊回頭，看看有沒有人追上來。

天空是一片蔚藍，男子一手拿著刀，另一手拿著黑色的袋子，狂奔在大樓之間。

男子行經的道路上，路過的民眾驚叫連連，從屋頂往下看，可以清楚看到男子所到之處引起騷動的軌跡。

有別於下面街道的慌亂，另外一個男人站在屋頂上，以靜制動，觀察著男子逃跑的方向。

這個男人正是警界的一代傳奇——白方正警官。

方正一手握著繩索，一腳踏在女兒牆邊，威風凜凜地鳥瞰這一切。

男子撞倒了一個路人之後，向左一彎，剛好來到了方正下方的街道。

方正抛出手上的繩索，踩上女兒牆，一翻而下。

有如電影飛簷走壁的高手般，方正順著繩索，踩著牆壁，從七樓高的天台一躍而下，像是輕功高手似的，降落在男子的面前。

男子緊急煞車，差點跌個狗吃屎，好不容易才站穩腳步。

眼看方正從天而降，竟然趕在自己面前。

男子先是一凜，然後晃動手上的刀子，轉過頭看了身旁的女子一眼。

女子還來不及反應，男子突然撲向女子。

男子快，方正更快。

就在男子準備拿刀子挾持在旁邊的女子之前，方正掏出了懷中的手槍，毫不遲疑地朝男子開火。

砰的一聲，男子手上的刀子應聲飛落，整個人跪倒在地上。

方正一個箭步上前，立刻制伏了男子。

一旁嚇到花容失色的女子，也在隨後趕來的制服警察保護下，快速離開現場。

「卡——」

擴音器裡面傳來導演的聲音。

「OK！」導演興奮地從座椅上跳起來，朝方正走了過來：「真是太好了，真不愧是署長推薦的人選，看看這個身材，你不當模特兒真的太可惜了。」

被導演這樣大力稱讚，方正不知道該怎麼回應，只能尷尬地搔了搔頭。

一旁的工作人員，手忙腳亂地幫方正解開後面的鋼絲。

「說真的，」導演到了方正身邊，仰著頭對方正說：「哪天你不想幹警察了，記得通知我，我隨時都用得到你這種身材高大的模特兒。」

聽到導演這麼說，其他劇組人員也跟著一起附和了起來。

為了拍攝最新的警察大學招生短片，警政署署長特別欽點不論在能力或者人望都處於頂尖的方正，當宣傳短片的主角。

想不到導演一見到人高馬大的方正，立刻驚為天人。

尤其那當差多年鍛鍊下來的身手，更讓導演決定，將原本只是呆板的宣傳短片，提升成動作性十足，足以媲美好萊塢動作片的精采影片。

在拍這個最終鏡頭之前，原本還擔心從來沒有接受過類似動作片訓練的方正，能不能夠順利完成。

想不到一次就成功，讓導演大為激賞。

在道路的旁邊，停著一輛專門供方正使用的休旅車。

方正才剛上車，就聽到一個聲音悠悠地說：

「好搭檔，你還真是出盡了鋒頭啊。」

方正不需要四處張望，也知道聲音的主人是誰。

伊陸發，一個度過平淡一生的可憐靈魂，為了扭轉自己的命運而不願去投胎，纏著方正想要揚名黃泉界。

在幾個月前的一場災難之中，他因為直視火柴點燃火焰的那一瞬間，導致自己失明了好一陣子。

好不容易康復之後，他立刻如影隨形地纏著方正。

「出現在這種地方好嗎？」方正一邊整理著自己的東西一邊說道：「現在可是大白天喔。」

「不用你擔心。」伊陸發冷冷地說：「你有時間擔心我，不如想想要怎麼樣讓我們這對搭檔揚名黃泉界。」

「那我勸你還是等任凡回來吧，」方正說：「我跟他不一樣，我對黃泉界沒有半點興趣。」

「你還是男人嗎？」伊陸發激動地說：「一點雄心壯志也沒有！」

類似這樣的爭吵，幾乎每天都在上演，方正也懶得跟他吵，只是懶洋洋地說：「我既不是黃泉界的，也對那個世界沒什麼興趣，所以我勸你還是省省吧。」

「哼，我看你只是想要打發我吧？你以為我不了解你嗎？如果你真的沒興趣，你又何必當任凡的跟班？更不用說還去拜那個恐怖的句婆做乾媽？我看你根本就是口是心非。」

方正嘆了口氣，不想再跟伊陸發這樣糾纏不清。

反正說破了嘴，他也不會放棄這種宛如跟蹤狂般的行徑，更恐怖的是，這傢伙還不需要休息！

不過有別於其他鬼魂，只要有光的地方，就絕對不會看到他的現身，這對方正來說，可以算是不幸中的大幸了。

畢竟跟過去的淑蘋相比，不常現身的伊陸發，讓方正省去不少會嚇到肝膽俱裂的場面。

一想到淑蘋，這個曾經想要跟方正冥婚，最後捨身救了他一命的女鬼，方正的心又糾結在一起。

在那之後，方正搬出了當年跟淑蘋一起度過的家，並且每隔一段時間，就會到淑蘋的墳前上個香。

雖然知道，這樣的舉動已經沒有意義了。

但是，這或許是方正贖罪的一種方法。

連方正自己都想不到，自己對淑蘋會有這樣的情感，就好像當初跟任凡相見，方正也沒想到自己會喜歡跟這樣的人交朋友。

甚至在他不在的今天，還會想念有他在的日子。

車外，一個員警驚慌地跑了過來。

方正打開車門，員警見到方正立刻恭敬地立正敬了個禮。

其他劇組人員見到員警的態度，紛紛交頭接耳了起來。

「白學長，因為你的手機關機，所以剛剛分局接到特別行動小組的來電，阿山隊長要我們幫忙傳話，阿山隊長希望白學長你這邊忙完之後，可以趕快回去。」

聽到員警這麼說，方正才想到剛剛拍戲的時候，自己把手機關了。

方正聽到之後，匆忙收拾了東西，跟劇組人員打聲招呼之後，駕車離去。

一直等到方正開車走了之後，其他劇組人員才靠過來向員警打聽。

「那個，跟你打聽一下，方正在你們警界官位是不是很高啊？」

大夥看到剛剛員警那緊張的態度，與恭敬的言行，都在議論著方正到底在警界是什麼地位。

「豈止高而已，」那員警聽到大夥的問題，抬高著臉，略帶點傲氣地回答：「你們外界的人或許不知道，但是白學長是我們所有警員的表率，更是那個重要的特別組織，方正特別行動小組的大隊長。」

「方正特別行動小組？」眾人異口同聲問道：「那是負責什麼的啊？」

「喔？你們想知道的話，就聽我慢慢解釋給你們聽。」員警說著，挑起了眉毛，嘴角勾起了一抹得意的微笑。

3 特別行動小組——風、林、火、山

方正特別行動小組。

這個目前警界最為重要的行動小組，與大家所熟悉的霹靂小組或特勤小組不同，這個特別行動小組是只有警界的人才知道的秘密組織。

而他們的工作內容則是專門處理一些離奇與棘手的案件，直屬於警政署長，並且支援各個警隊組織。

這個特別行動小組的總隊長，正是那個傳說中的高階警官，白方正警官。

原本默默無聞的他，以一己之力破了「張樹清警官謀殺案」之後，一躍成為警界的當紅炸子雞。

屢破奇案的他，成為了警界的傳奇，並且協助各個分局，破解了一個又一個棘手的案件。

隨著業務日漸沉重，警政署署長在方正的要求之下，成立了現在的方正特別行動小組。

不但有專屬的辦公大樓，更擁有相當於一個中型分局大小的人員配置。

但是，這樣的傳說背後卻有個不為人知的大秘密。

原來白方正之所以可以屢破奇案，屢建大功，是因為他得到了某個人物的協助，擁有了陰陽眼。

這個能力讓他辦起案來，比起其他人，更加有利。

當別人還在想辦法找出被害人到底是怎麼被人殺害的，方正已經從往生的鬼魂身上，聽到了兇手的名字。

在擴大編組的時候，為了更方便行事，擁有徵召任何員警權力的方正，立刻將所有有陰陽眼的警員們，網羅到麾下。

只是，這些對方正來說極為便利的屬下之中，有許多卻是被原本的警界列為問題員警的頭痛人物。

因為對他們來說，這些特立獨行的陰陽眼員警，有的不是出色的破案能力，而是詭異又有問題的言行。

畢竟當一個人從小就擁有陰陽眼，看事物的角度自然跟別人不一樣。

在方正的指導下，他們也越來越能善用自己的陰陽眼，搖身一變成為出色的警員。

而這更增添了方正神話的色彩，所有警界的人們現在都知道，方正除了擁有卓越的破案能力、謙遜的態度，就連指導能力也堪稱鬼斧神工，擁有化腐朽為神奇的力量。

在方正的指導下，有四個人的能力特別出色，他們也分別擔任方正特別行動小組之下，四個小隊的小隊長之職。

這四個小隊隊長分別是——石婇楓、嚴紓琳、鄭棠火、莊健山。

由於四人名字之故，警界的眾人都稱他們為——方正特別行動小組之下的「風、林、火、山」。

4　口供

就在方正返回特別行動小組的同時，另外一個分區，正陷入一片水深火熱之中。

偵訊室中，員警用力拍桌，砰的一聲巨響，讓整張桌子都跟著劇烈震盪。

員警倏地站起，用手撐著桌子，對著坐在對面的嫌疑犯怒吼。

「你還不承認是你殺的！」

只見那嫌犯側著頭，對員警這激情的演出，絲毫不放在眼裡，冷冷地說：「有證據就移送我啊，說那麼多幹什麼？」

員警怒目凝視著嫌犯。

這傢伙從被抓到局裡之後，就一直是這樣的態度。

一頭蓬鬆的頭髮，加上沒有刮乾淨的鬍碴，可以看得出嫌犯有多邋遢。

不過最讓人受不了的，還是他那一副什麼都無所謂的態度。

可是，在這偵訊室裡面的兩人心裡都很清楚，如果有「證據」的話，兩人就不會在這裡對峙了。

表面上憤怒不已的員警，心裡卻一點也不踏實。

明明表面上許多證據都指向眼前這個男人，偏偏卻沒有直接證據，不，警方這邊甚至連兇器都沒有找到。

不只偵訊室裡面的員警緊張，就連外面的其他同僚也跟著心急起來。

眼看一場正義就快要無法伸張了，再沒有辦法找到任何疑點或證據，這個案子就會變成懸案了。

氣氛異常凝重，所有人都板著一張臉，只有角落的一個男同事，輕鬆地搖著椅子，甚至開始吹起了口哨。

果然這一陣口哨聲，在這凝重的空氣中，特別地刺耳。

所有人不約而同轉向那位吹口哨的同僚。

「你是怎樣？」其中一個員警皺著眉頭問道：「在那邊吹什麼口哨？白目什麼啊？」

被人這樣說，那員警聳了聳肩，笑笑地站了起來。

「告訴你們，我這麼輕鬆是有原因的。」員警神秘地笑著說：「因為，我聽到了。」

「聽到什麼？」

「聽到早上局長打電話給上面。」員警用手指比了比上方。

「然後呢？」

「上面已經答應了，」員警挑眉得意地笑著說：「會派方正特別行動小組的人來處理這件案子。」

「真的嗎！」

那吹口哨的員警話一說出來，氣氛瞬間變化，一掃先前沉悶的陰霾。

大夥都站了起來，七嘴八舌地討論。

「終於有機會看看傳說中的方正特別行動小組了。」

「是啊，希望可以親眼看到白學長本人。」

大家你一言我一語地說著，完全忽略了一個從大門走進來的怪人。

雖然今年的冬天比較寒冷，但是這人也穿太多了。

只見她戴著帽子與口罩，穿著比自己身材還要大一號的大衣，手上戴著手套，還戴上了太陽眼鏡。

全身包得密不透風，幾乎就快要連一點肌膚都看不到了。

光憑她這身裝扮，別說走去銀行櫃檯，光是進銀行大門都會當場被駐警壓制在地。

原本也應該引起一陣騷動的她，卻因為員警們都太熱衷於討論，以至於沒有人注意到她。

她走到報案櫃檯前，輕聲地對著渾然不覺的員警們說：「請問……」

從聲音可以清楚分辨出她是個女孩子，那聲音又輕又柔，非常好聽，即使在一堆人互相討論的吵雜聲中，女子的聲音沒有很大，卻仍然成功吸引了所有員警的目光。

眾人見她這身打扮，都被嚇了一跳，幾個膽子比較小的員警，還將手壓在槍上，以便隨時掏槍應戰。

「小姐，妳、妳要找誰啊？」被大家推出來當代表的倒楣員警，對著女人問道。

「你們好，」女人輕聲地說：「我是方正特別行動小組的成員，被派來協助你們辦案的。」

此話一出，原本大家臉上略帶一點驚恐的表情全部消失不見，取而代之的卻是失望與訝異的臉色。

「啊？」眾人異口同聲，難以置信地叫道。

完全不知道外面的騷動，偵訊室裡面的員警，仍舊想盡辦法要讓嫌犯說錯話，進一步逼他承認自己的罪行。

可是進度一點也不理想，嫌犯的口風相當緊，對於回答也相當小心，絲毫沒有任何破綻。

這時偵訊室的門，傳來了幾聲清脆的敲門聲。

員警不甘心地走出偵訊室，出去前還惡狠狠地瞪了嫌犯一眼。

看到員警出去之後，嫌犯輕鬆地向後仰，得意地哼了一聲。

犯有多項前科，並且進出監獄宛如自家臥房一般的嫌犯，很清楚眼前這套現行法律的漏洞。

他更清楚自己與警方之間的拉鋸戰，此刻的戰況。

他非常清楚，警方如果想真的破了這個案子，就必須要有直接的證據，或者自己的自白。

不管警方決定從哪個路線著手，都會陷入死胡同。

想到這裡，嫌犯得意地笑了。

就在這個時候，偵訊室的門再度緩緩開了起來。

嫌犯抬起頭來看著門外，一個詭異又奇怪的人走了進來。

這是哪招？

嫌犯狐疑地看著眼前這個宛如木乃伊般的人。

那人全身包得密不透風，所以行動起來有點笨拙的感覺，走進來關門的時候，還不小心打到自己的腳。

「你好，」那人朝嫌犯點了點頭說道：「我是接替那位同事，來幫你做筆錄的。」

想不到這個包得密不透風的人竟然會是個女人，而且聲音非常好聽，不知道為什麼，不過這麼一句話，竟然讓自己心猿意馬了起來。

「我、我該說的，」嫌犯吞了口口水：「都已經跟妳同事說過了。」

哼，以為換個女警來，我就會中招嗎？

嫌犯惡狠狠地瞪著眼前這怪異的女人。

只見這女人突然站起來，然後看了看錄影存證用的錄影機，刻意走到了錄影機拍不到的地方。

女人站穩之後，緩緩摘下了帽子，露出了一頭烏黑的秀髮。

不過這個再平凡也不過的動作，竟然讓嫌犯整個人彷彿被電到般，動彈不得，就連視線也沒有辦法移開，瞪大雙眼看著女人。

這是怎麼回事？

連嫌犯自己也覺得詭異至極，彷彿自己這輩子沒見過女人似的。

女人繼續拿下眼鏡，露出了她那水亮的雙眼。

那雙眼睛輕快地眨了幾下，讓嫌犯連呼吸都忘記了。

女子繼續解下口罩，露出那張埋藏在這些衣物之後的臉龐。

嫌犯這時已經看得出神，整個人愣愣地望著女子，但是他的眼神，卻閃耀出前所未見的光芒。

「雖然我們沒有什麼證據，但是，我很想知道，」女子淡淡笑著，溫柔地說：「人，是不是你殺的？」

女子的聲音又輕又柔，就好像一襲薄紗，緩緩滑過肌膚那樣，搔著嫌犯的心房。

而她的美，不過這短短幾秒鐘，就已經讓嫌犯願意為了目睹這樣的容貌，下定決心哪怕犧牲自己的一切也在所不惜。

「是你殺的嗎？」女子轉向男子，溫柔地問。

「嗯，」嫌犯緩緩地點了點頭說：「是我殺的。」

「真的嗎？」女子秀眉一挑，就連狐疑都是如此扣人心弦。

「嗯，真的。」嫌犯已經連嘴都忘記合起來，側著頭看著女子說：「兇器我埋在我家祖墳旁的土裡。」

「謝謝。」女子甜美地笑著。

「哪裡，為了妳……」嫌犯喃喃說道。

女子小心翼翼地避開了鏡頭，將文件推到嫌犯面前。

「那麼請你幫我在這份口供上面簽字。」

「是，是。沒問題。」

嫌犯這輩子，就連對自己的老母也沒這麼恭敬過。

此刻，卻在一個女人面前，什麼都可以不要了。

只見他很快地在口供上面簽字，等到簽完，抬起頭來的時候，女人已經穿戴好帽子、口罩與太陽眼鏡，恢復成剛進來時那個模樣。

女子將口供拿起來，頭也不回地走出偵訊室。

那女人走出去之後，嫌犯愣了一會，然後啊的一聲，接著就是一連串難以置信的哀嚎。

想不到，自己竟然就這樣承認了。

不過一想到那女人的面容，就算要他犧牲自己的性命也在所不惜。

想不到，這世界上竟然會有這麼美麗的人。

即使被收監，嫌犯依舊臉露笑容，但是口中卻發出後悔的哀嚎，這詭異至極的模樣，就連員警們看到也不寒而慄。

門外，所有員警都聚集在偵訊室外，等著看看方正特別行動小組到底要怎麼解決這個燙手山芋。

想不到，女子進去不過短短不到五分鐘，就走了出來。

「嫌犯已經招了，簽好名的口供在這裡。」

女子將口供交給旁邊已經看傻了的員警們。

「喔，對了，嫌犯也說了，兇器就埋在他家祖墳旁邊。」

女人輕聲附帶一提，頭也不回地就朝著大門走了出去。

只留下一堆想大開眼界卻愣成一團的員警。

「那女人，到底是何方神聖啊？」

不知道是誰，替大家說出這個疑問。

「她就是，方正特別行動小組第一小隊隊長——石婇楓。」後面的分局長說道。

「咦？那個風林火山的楓嗎？」

有眼不識泰山，員警們這才驚訝連連，見到了除了白方正警官之外，也算是不得了的人物。

5 楓的美

有一種美，叫做沉魚落雁。

也有一種美，叫做一笑傾城。

但是，這些都不適合用在楓的身上。

在加入方正特別行動小組之前，楓的人生一點也不順遂。

她的長相，為她的人生帶來了無比的困擾。

在楓的印象之中，那是個夏天的午後，六歲的楓，在自家門前玩耍。

誰知道突然一個怪叔叔，一把將自己抱起，緊緊將她摟在懷裡，極盡瘋狂地說：「叔叔好愛妳！當叔叔的新娘好不好！」

這樣的舉動引起了一陣騷動，等到楓被其他人救下來，她才發現原來剛剛抱著自己的，正是隔壁的叔叔。

即使被一堆人架住，那個叔叔依舊瘋狂地要楓嫁給他。

那叔叔的老婆知道自己的老公做出這種荒唐事之後，從附近的工廠趕了回來，想不到，在她得知了事情原委之後，竟然衝過來賞了楓一巴掌。

她破口大罵楓是狐狸精。

是的，一個六歲的小女孩。

只不過在家門前玩耍，就被人當成了狐狸精。

所有鄰居都在場，但卻沒人為楓阻止這一巴掌，更沒有人出口制止這樣的暴行。

雖然楓的美，對同性沒有什麼吸引力，但是鄰居都知道，楓的長相對男人有多恐怖的影響力。

這是楓第一次聽到人家叫自己狐狸精。

然後，這三個字就這樣永遠跟著她。

類似這樣的事情，在楓的成長歷程中不斷上演。

後來，漸漸地她開始把自己包得跟木乃伊一樣。

楓自小喪父，由母親一手撫養長大。

聽母親說，父親是在楓出生之前，被一個搶劫的歹徒挾持，最後死在歹徒刀下的可憐人。

於是，楓立志當警察。

可是，她的長相一點也不適合當警察，不，應該說不適合出社會從事任何職業。

果然，在她擔任交警期間，由於必須穿著制服的關係，雖然戴著口罩與太陽眼鏡，但是每當男性駕駛人停到楓的身邊，看到了楓的長相，車子就不再移動了。

交通反而越來越混亂。

最後被調往內勤的楓，一個接著一個分局轉。

因為只要任何分局的男性警員看過她的長相之後，工作效率就會像慘跌的股市般一路下滑。

楓過得很痛苦，而那些看過她長相的人也不好過。

最後，楓的美終於引發了一個不得了的事件。

一件家庭糾紛因為涉及了傷人，所以鬧進了警局。

想不到雙方人馬在警局還大吵了起來，起因完全是因為男方劈腿。

最後雙方甚至在警局扭打成一團，楓也介入幫忙拉人，誰知道對方竟然扯下了她的口罩與眼鏡。

眾人一見到楓的真面目，立刻停止了打鬥。

楓趁這個機會對男方曉以大義，她告訴男方，同樣身為女人的自己，最不喜歡的就是對愛情不忠心的人，如果想要開始一段新戀情，至少也應該先結束自己的舊戀情。

想不到，在場所有人都聽到了這句話。

當晚，全分局所有已婚的警察，竟同時跟老婆提出了離婚要求，就只因為心中期待，或許單身的楓會看上自己。

這讓楓瀕臨崩潰，她想不到自己一句話，會引起如此大的風波。

就連那個男人也每天都到警局報到，把所有家屬氣炸了。

於是楓引咎辭職，決定搬上山，這輩子再也不讓任何人見到自己的長相。

而也就是在這個時候，她遇到了自己生命中的貴人，讓自己還能夠在這個世界上找到一塊可以棲息的地方。

那個貴人就是警界的傳奇，台灣之光——白方正。

而他找上楓的原因，就是因為楓有陰陽眼。

比起自己的長相，這件事情所帶來的困擾雖然算不了什麼，但是楓的確從小就有陰陽眼。

楓本來也因為自己的長相這件事情，想要婉拒方正，但是卻意外發現一個事實。

那就是楓的美，其實並不是正常的美，而是一種魔性的美。

這種魔性的美，會讓人抓狂，甚至甘願犧牲一切，然而不知道為什麼，卻對方正特別行動小組之中，這些擁有陰陽眼的人們不適用。

在他們眼中，楓的確是美，但還不至於到痴狂的地步。

可是在那些沒有陰陽眼的人眼中，楓的美卻是會讓人發狂、失心瘋。

這讓她蒙上了魔女這種汙名。

這個世間總有女子為了美麗，付出了許多代價。

對她們來說，美就像一種羽翼，可以讓自己翱翔於天際。

但是對楓來說，美卻是一種無比沉重的負擔。

這種病態的美，讓她承受了比那對詛咒的陰陽眼，更難以承受的罪惡感。

試想看看，妳的美會讓人抓狂，只要妳一露出自己的臉，就會有人因此蒙受不幸，美好的一面卻不能表露，情何以堪。

而想不到這樣的美，對方正特別行動小組這些有陰陽眼的人來說，完全免疫，讓楓感覺到自己終於找到了一個屬於自己的家。

就連方正這種後天才有陰陽眼的人，也可以不受楓的影響。

這讓楓立刻決定，加入方正特別行動小組，除了可以實現自己的夢想之外，更可以找到一個歸屬。

為了這個歸屬，楓更加努力辦案，很快就在小組之中竄出頭，成為重新編組之後的第一行動小組組長。

6　消失的屍體

接到通知之後，方正馬不停蹄地趕回了方正特別行動小組。

想不到一進門，迎面而來的阿山，臉上就流露出詭異的笑容。

「隊長，你死定了。」

「怎麼啦？」

「你是不是做了什麼事情惹法醫生氣了？」阿山說：「我看到法醫一直哭。」

「啊？」

聽到阿山這麼說，方正也想了一下，記得早上去片場之前，還有跟佳萱講過話，那時候沒有什麼問題啊。

「怎麼？」阿山搖搖頭問：「自己做過什麼都不記得嗎？」

「沒有啊，」方正一臉無辜：「你為什麼那麼確定是因為我？」

「當然是經過推理！」阿山比了比自己的腦袋。

「你看喔，在這個方正特別行動小組之中，可以惹法醫委屈地躲在解剖室裡面哭的人有誰？」

阿山一手搭著方正的肩膀，一手指著眼前的同仁們晃了一圈，最後將手指繞回來，定在方正眼前說：「我想答案就已經呼之欲出了。」

方正白了阿山一眼，原來這小子根本沒有什麼證據，只是瞎猜，害方正一時之間還真的冒了一下冷汗，緊張地回想自己是不是不自覺得罪了佳萱。

解剖室裡面，刀子已經被擱在一邊，解剖台上茗蒔的屍體，仍舊完好無缺地躺在那裡。

不單單只是為了當初那個承諾，要解剖自己熟識的人，本身就是一件艱難的事。

當然，以佳萱現在的特殊地位，只要她開口，就會有其他法醫為其代勞。

可是現在的佳萱心裡十分混亂，始終無法下定決心。

回憶宛如脫韁的野馬，在她的腦海裡面狂奔。

她自責自己當年為什麼不抓住茗蒔好好問個清楚。

當年，兩人因為決定閃電結婚，不要說家長，就連同學們都不看好。

兩人不過甜蜜交往了一個月，就決定要共度一生。

原本還以為兩人只是甜蜜期的衝動，想不到他們真的回家去提親。

家長們大力反對，不光只是反對兩人那麼快結婚，聽說就連交往都大力反對。

後來佳萱才意外得知，原來阿邦與茗蒔兩個家族，很多年以前因為生意的關係，結了很大的怨，彼此幾乎是世仇。

結果兩人得不到家人的認同，反而加快了結婚的腳步，還不到一個月的時間就結婚了。

畢竟兩人都已經成年了，如果真的要這樣做，也沒有任何人攔得住他們。

不過，如果知道會是這樣的結局，佳萱一定會用盡全力阻止兩人。

後悔不已的佳萱，趴在辦公桌上，直到方正與阿山兩人進來的聲音，才吸引佳萱抬起頭來。

「妳還好吧？」方正皺著眉頭問。

阿山從後面打量了一下佳萱，指著佳萱的眼睛說：「隊長，你看，我沒蓋你，法醫的眼睛還腫腫的。」

阿山挺身而出，拍著胸脯對佳萱說：「法醫妳不要怕，我們大家會幫妳，如果真的是隊長欺負妳，妳老實跟我們說沒關係！」

「啊？」佳萱一臉不解地看著阿山。

「這傢伙看到妳躲在這裡哭，就立刻打電話通知我，要我趕回來。因為依照這個天才的推理，他認定是我把妳惹哭的。」

完全無視於方正的諷刺，阿山仍舊是一臉得意。

佳萱聽了之後，苦笑搖了搖頭。

「真不好意思，」佳萱苦笑說：「我會哭是因為……」

佳萱指了指解剖台上的茗蒔，兩人都回過頭來看著那具屍體。

只見此刻的茗蒔，與其他時候躺在這裡的屍體沒什麼兩樣，兩人又跟著四處張望了一下，確定沒有看到這個屍體的「主人」，才轉過頭來重新看著佳萱。

既然屍體來了，代表案子也來了。

尤其這段過去，與現在的案情肯定有密不可分的關聯，所以佳萱調整了一下自己的呼吸之後，向兩人解釋了自己與茗蒔的關係。

佳萱不但告訴兩人自己與茗蒔還有她老公俊邦的關係，就連婚宴上那番詭異的話語也都告訴了兩人。

方正與阿山兩人，聽完佳萱的故事之後，緊緊皺著眉頭。

的確，在那種場合說出那樣的話，真的有點詭譎。

於是三人低著頭默不吭聲。

過了一會之後，阿山臉上突然浮現出笑容，緩緩抬起了頭，看到兩人還在思考，阿山得意地點了點頭。

兩人注意到了阿山的變化，紛紛抬起頭來看著阿山。

「看來，也只有我能夠完美解釋這一切了。」

一聽到阿山這麼說，兩人臉上立刻浮現出不安的表情。

阿山嘆了口氣，雙手一攤，聳了聳肩問道：「你們有沒有聽過預知夢？」

「啊？」

「就是做夢的時候，夢到了未來的景象。」

「我們知道什麼是預知夢，可是這跟這個有什麼關係？」方正皺著眉頭問。

「當然是經過有邏輯的推理！」阿山面紅耳赤地說：「福爾摩斯曾經說過，當你排除了一切可能性之後，剩下的可能即便看起來荒謬，也會是真實的。」

「他有這麼說過嗎？」佳萱挑眉問道。

「嗯，翻譯過後大概是這個意思。」

「這……這太牽強了吧。」方正攤著手說。

「那你們有其他解釋嗎？」

兩人被阿山這一問，面面相覷說不出話來。

「嗯，」阿山點了點頭說：「所以這是我們目前唯一可能的推測。我敢大膽地說，她肯定知道兇手是誰，而從這個推論我敢說在她的身上，一定留有暗示兇手是誰的線索。只要法醫妳……」

阿山將手比成刀，示意佳萱解剖。

「等等，如果真的是這樣的話，為什麼她要在多年前，說出那樣的話？」方正說：「另外，如果她當時就知道兇手是誰，為什麼不直接告訴佳萱就好？」

「當然是因為……」阿山抿起了嘴，想了一會之後，突然「啊」了一聲，叫了出來，把佳萱跟方正嚇了一跳。

「哈哈，」阿山拍手叫道：「我知道了！因為佳萱當時還不認識那個兇手！不，應該說兇手是佳萱不認識的人，所以就算告訴她，她也不會記得。」

阿山總是有辦法，推論出讓方正完全沒有辦法辯駁的理論，即便方正與佳萱，從來都不覺得阿山的推理是對的。

「既然推論到這裡，」阿山信心十足的模樣全寫在臉上：「所以我們只要簡單的把報告拿來，然後看看裡面的關係人，有沒有任何佳萱不認識的人，就可以知道兇手是誰了！」

阿山說完，毫不給兩人辯駁的機會，轉身去拿了案件的檔案，一把案件夾打開，四周頓時陷入一片黑暗。

方正特別行動小組的辦公室，是在警政署名下的財產。

為了因應行動小組比較特殊的業務，這裡有著比起其他分局來說，還要更加先進的設備。

正所謂麻雀雖小，五臟俱全。

方正特別行動小組的本部，比起其他分局來說，雖然比較小，但是從拘留室到臨時寢室一應俱全，甚至在四樓還有健身設備。

獨立的電力系統與發電機，可以讓整個辦公室，就算外部供電出問題，也可以自行供電。

所以此刻這一片黑暗，讓三人覺得匪夷所思。

就在三人開口打算把這一切弄清楚之前，電力又重新恢復了。

可是更令人震驚的情況卻出現在面前。

在停電之前，三人就好像形成一個三角形，包圍著解剖台。

電力恢復後的現在，三人站的位置不變，但是在三人中間解剖台上的屍體，卻不翼而飛了。

第2章・屍變

1　山中修行的少女

一片片落葉，彷彿落雪般灑落一地。

女子拿著掃把與畚箕，看到這樣的場面不自覺地苦笑著搖了搖頭。

即便不是深秋，這裡的落葉依舊驚人。

還記得自己剛來的時候，就被那片幾乎快要堆積如山的樹葉景象嚇到過。

在女子這幾個月的努力之下，這裡才終於又再次露出白色的地板。

可是光是想要維持這樣的景象，每天都得花上將近一個小時的灑掃，才有可能做得到。

一想到再過幾天，自己就要離開這裡了，少女心中反而出現了一點不捨。

少女一頭短髮，身穿一襲白色套裝，頸上掛著一條鍊子，在鍊子的底端有個紫色的勾玉。

少女不自覺地摸著胸前的那塊勾玉。

這個勾玉，是個很不可思議的人送給她的禮物。

這個禮物改變了她的觀念，這個禮物給了她勇氣，讓她面對長久以來在自己身上的詛咒。

她不想再逃避，也不想要再自憐自哀。

她決定振作起來，成為心中那些重要的夥伴們可以倚賴的對象。

尤其是那個，在幾個月前前去歐洲的一個夥伴，少女特別希望自己可以成為他的力量。

少女希望自己可以在那個人在歐洲的這段時間裡面，好好磨練自己的能力，成為可以與他並肩作戰的夥伴。

過去，少女總是跟在大家的後面，受到大家的保護，可是任性的自己，總是責怪那個人的蠻橫、粗魯，卻從來不曾好好感受他內心深處的痛。

但是在發生那麼多事情之後，少女才真正了解了他，原來這一切對那個人來說，只是無法擺脫的宿命。

剎那間，少女才知道他過去的那些蠻橫與粗魯，原來是有著無法言喻的苦衷。

於是少女決定洗心革面，這也就是她會來這間破舊廟宇修行的主要原因。

現在，修行也告了一個段落。

雖然不知道自己成長了多少，但是她確信至少就心靈來說，她已經不再軟弱。

不管等在眾人面前的，會是多麼困難的磨練，她也會跟著大家一起面對。

一想到這裡，少女心情輕鬆了不少，開始揮動著手上的掃把，進行最後一天的灑掃工作。

2 大樓殭屍

由於考量到方正特別行動小組所逮捕的罪犯，很可能都是最聰明也最兇惡的，所以就防盜與反劫獄等設備，辦公室也是算頂尖的。

一旦斷電，除了會自動啟動獨立供電系統外，還會自動鎖上大門出口。如此一來，就算有人想要劫獄，也會被那道特製的大門擋在門外，嫌犯也無法逃脫。

楓解決了分局的案件之後，回到辦公室。

才剛踏入大門，眼前突然陷入一片漆黑，身後的大門自動牢牢上了鎖。

差不多過了五秒之後，辦公室的電力重新啟動，眼前才再度回復光明。

楓回頭看了一下大門，仍舊是上鎖的情況。

依照安全的設計，這扇大門必須由方正的辦公室，桌底下的一個按鈕才能解鎖。

「有訪客嗎？」楓詢問櫃檯的同僚。

同僚搖了搖頭。

楓在確認辦公室沒有其他外人之後，才脫下自己的帽子、眼鏡與口罩。

一整天都悶在這些衣物底下，讓楓長年以來都有濕疹的困擾。

現在對楓來說，除了家之外，還多了個辦公室，可以讓她以真面目示人。

這時幾個留守在辦公室的同僚，也因為查看狀況，集合到了櫃檯。

「大門被鎖住了，」在櫃檯這邊，位階最高的楓立刻開始分配工作：「我們大家先巡視各區，確定沒問題之後，再回到這裡回報。大隊長呢？在大樓裡嗎？」

「嗯，他跟阿山隊長去解剖室了。」

「嗯，我去跟他報告，你們巡邏完後，都回到這裡回報。記得，每個地方都要巡到，確定沒有異狀之後，才可以開大門……」

楓話還沒有說完，突然一個女同事大聲尖叫了出來。

「啊——」女同事用手指著另一側走廊。

所有人一起轉向女同事手指的方向，臉色均是驟變。

※

解剖室裡，三人看著空無一物的解剖台，面面相覷。

停電只不過短短的五秒左右，一具屍體就這樣消失在三人面前。

「屍體呢？」阿山問。

方正跟佳萱的臉色，也正流露出同樣的疑問。

三人觀察了一下四周。

門窗都是緊閉的，就算有人想要趁著這短短五秒鐘的時間下手，也不可能在三人包圍著解剖台的情況下，以這麼短的時間，將屍體神不知鬼不覺地運走。

「哼哼，差點就被騙了。」阿山手摸著下巴，一邊點頭一邊得意地笑。

方正和佳萱同時打了個冷顫，有種不祥的預感。

而這個不祥的感覺，意外的不是來自消失的屍體，而是阿山接下來的推論。

「這是利用鏡子反射原理或是投影效果的魔術，對吧？」阿山挑了挑眉繼續說：「有人想讓我們以為屍體憑空消失，但是其實從頭到尾，這裡根本就沒有屍體！」

「啊？」方正與佳萱異口同聲。

「為什麼要這麼做？」方正白了阿山一眼，無力地問。

「唉呀，動機不是重點。可能是因為好玩，也可能是無聊。」阿山突然吞了口口水，認真地說道：「說不定是在考驗我們方正特別行動小組。」

「好、好，那兇手呢？誰會這麼做？」

「這個嘛……」阿山抬起頭來，將目光停留在佳萱身上。

「我？」佳萱不可思議地驚呼。

阿山緩緩地點了個頭說：「抱歉法醫，恐怕也只有妳做得到了。」

「你可別亂說啊。」

雖然知道阿山的推論一向很無厘頭，但把矛頭指向佳萱，方正一時也慌了手腳。

「對這解剖室最了解，而且待在這裡最久的，就非法醫妳莫屬了。因此妳要在這裡動手腳是很輕而易舉的。」阿山清了清喉嚨繼續說：「再說，從頭到尾也只有妳一個人碰到過屍體，我和隊長雖然站在屍體面前，但卻沒有伸手碰觸過，誰知道這屍體是不是真的存在。」

看阿山講得頭頭是道，方正和佳萱也愣住了，好像一副真有那麼回事的感覺。

「想不到法醫妳這麼會演戲，還掰了個詭異的故事來唬弄我們……」

正當阿山精采的推埋演說快要告一個段落時，外面突然傳來一陣騷動，打斷了三人的思緒。

「怎麼回事？」方正立刻衝到門口探個究竟。

「好大的撞擊聲。」佳萱提高警覺，轉頭往門外聲音傳來的方向看去。

「哇靠，斷個電外面造反了嗎？」阿山的語氣激動中夾雜著一點興奮。

感覺到不對勁，方正在門外揮了揮手，示意要阿山與佳萱一起過來。

由方正帶頭，快步朝事發地點走去，佳萱也緊跟在方正身後。

而走在最後面的阿山，好像身處敵軍陣營般小心翼翼，一邊觀察四周，一邊躡手躡腳地走著。

「隊長！」

從背後突如其來的叫聲讓阿山嚇了好一大跳，整個人都跳了起來。

「沒事不要叫那麼大聲啊，差點把我嚇死。」阿山用手按著胸前，用力地深呼吸幾口。

「就是有事……」前來的員警苦著一張臉，氣喘吁吁地說：「我剛剛到……呼，到解剖室去沒看到您，原來在這……呼，櫃檯那邊出事了。」

一聽到櫃檯出事，又是這麼緊急的找人，方正一行人立刻跑過去查看。

才到現場，映入眼簾的是東倒西歪的同仁們，有的躺在地上，有的掛在櫃檯上，有的趴在牆邊，哀鴻遍野。

「小楓，發生什麼事了？」

方正看見坐倒在地上的楓，趕緊上前了解狀況。

「停電之後，我吩咐好巡邏的事情，正要去找您的時候，」楓吞了口口水，指著前方說：「前面突然出現了一具屍體……」

「屍體？」楓話還沒說完，方正和佳萱異口同聲驚呼。

阿山故作沉思狀，抿著嘴，手托著下巴低頭思考。

「嗯，是一具女屍，她突然出現，把我們都嚇了一跳。原本想把她帶回解剖室，想不到那屍體不只會主動攻擊人，而且還有怪力，大家都被……」楓皺起秀眉，環顧這滿地的傷兵，然後看著自己紅腫的腳踝說：「我也不小心被她打傷了。」

這裡的警員雖然都有陰陽眼，大家對鬼魂也都已經司空見慣，但對於這種不屬於鬼，反而像是怪物的活死人，在現實生活中還真是第一次看到。

會動而且還會攻擊人的屍體，對他們來說遠比鬼魂可怕得多，畢竟並不是所有的鬼都會攻擊人，友善的還不算少數。

方正看了一下眼前的大門，依然維持在緊閉封鎖的狀態。

「小楓，妳幫忙留意一下大門這邊的情況，千萬不能讓它打開，要是屍體跑到外面去就糟了。」

「佳萓，妳留下來幫忙照顧傷患，我和阿山帶人上去搜。」

「耶？不會吧？這樣吧隊長，你去就好，我留在這邊保護法醫，你看如何？」

「是誰說那具屍體不存在的？」方正白了阿山一眼：「既然不存在，你怕什麼？」

阿山支支吾吾，一時也找不出個藉口。

「阿山，你帶著你的小隊去四樓搜，小心點，沒事就繼續往樓上搜，我先去二、三樓看看。」

話一說完，不給阿山耍嘴皮子的機會，方正帶著自己的一隊人馬就往二樓去。

阿山低聲嘆了口氣，想不到自己這個小隊的警員還滿爭氣的，一個都沒受傷，所以也沒什麼藉口可以跟方正說不能去，不過縮在角落的隊員還真不少，整頓一下士氣後，也只好硬著頭皮上了。

阿山率領一群人，浩浩蕩蕩地來到了四樓。

放眼望去，只有一片死寂，異常的冷清。

看樣子大家都盡快到一樓去和大夥兒會合了。

天花板閃爍的日光燈管，看起來格外詭異。

「搞什麼，偏偏這時候燈管壞了？」阿山一語劃破冰冷的氣氛。

阿山順手拿起掛在牆上的緊急照明燈，雖然這棟大樓有獨立的電力設施，但為了預防萬一中的萬一，還是到處都備有緊急照明燈。

「先拿著吧，有一就有二，等等要是再停電，我們也不怕。」阿山將手中的照明燈遞給後面的隊員。

忽明忽滅的燈光下，突然一個身影從旁邊的辦公室裡掠過。

阿山背脊一涼，拿著照明燈的手就這樣懸在半空中。

原本閃爍的燈管瞬間暗了下來，壽終正寢的燈管，讓整層樓看起來黯淡許多。

「阿、阿山隊長。」

「知道啦，我沒長眼睛嗎？」阿山啐道，用頭比了比辦公室說：「阿勇，上。」

被喚做阿勇，也是阿山底下的首席小隊員整個人抖了一下，聲音顫抖地說：「隊、隊長，我、我需要掩護。」

「呿，真沒用，虧我平常待你不薄，竟然這麼膽小。」

「可是隊長，萬一被她咬了怎麼辦？我們會變殭屍耶。」

「電影都是假的啦，她咬你你就咬回去，怕什麼，跟她拚了！」

「是，隊長英勇，我想這個任務還是交給隊長最適合了。」阿勇抬頭挺胸，諷刺般地向阿山行禮。

阿山回瞪了一眼，比了比手勢，要大家跟在自己後面。

就像老鷹抓小雞裡的母雞一樣，阿山站在最前面，小隊員們跟在後面，形成一排小雞長龍。

走著走著，天花板上越來越多的燈管開始閃爍不定，電力不穩的情況下，讓氣氛變得更加駭人，一點點光影的變化都足以讓人寒毛直豎。

來到辦公室門口，阿山小心翼翼地靠在門邊，掏出掛在腰際的手槍準備攻堅。

而後面一整排的小隊全都貼著牆邊蹲下，避免被大片的玻璃窗暴露了蹤跡。

當大家眼光全都注視著辦公室大門時，一對手掌就這樣靜靜地貼在窗邊，兩隻撐得老大、瞳孔混濁的眼睛，陰惻惻地往下俯瞪著一整排窩在牆緣的小隊員。

砰地一聲，阿山破門而入。

「誰？是誰在裡面？」

阿山一邊舉槍掃視，一邊大喊。

當阿山的目光隨著槍身掃到自己的正左方時，一個扭曲歪斜著軀體的人形突然出現在他的面前。

阿山還來不及做任何反應，啪地一聲，槍枝落地。

弄丟了重要的武器，阿山一連向後退了好幾步，一個踉蹌就撞上了身後的隊員。

連聲哀嚎此起彼落，畫面之壯觀可比連環車禍，如同骨牌效應般，後面一整列的隊員全都因為被前一個人撞上而重心不穩，一屁股跌坐在地。

唯一沒有倒的，只有站在最前面的阿山隊長。

「你們還杵在那裡幹什麼？現在是休息的時候嗎？」

阿山一面叫喚著一整票坐倒在地上的隊員，一面往反方向跑去。

所有人回過神，還沒來得及回阿山的話，一張死氣沉沉，佈滿屍斑和瘀青的臉蛋已經貼在自己眼前。

「嗚啊——」

與殭屍的近距離接觸，讓整個小隊不由得如失了魂般放聲大叫。

個個使盡吃奶的力氣，創下自己跑百米的最佳紀錄，一溜煙，方才的走廊已經空空蕩蕩。

全隊不約而同集合到了廊道盡頭的逃生門前。

「嗯，對方不是省油的燈。」阿山低著頭，神情苦惱。

「對了，隊長，您沒事吧？」

「開玩笑，我是什麼角色？我可沒那麼容易出事。」

「您的槍好像掉了？」

「哼，還好我閃得漂亮，她只打到我的槍，沒有打到我。」阿山不忘得意地抬起下巴來。

事實上，當時殭屍並沒有離阿山那麼近，更沒有揮到任何東西。

阿山只不過是著實被嚇了一跳，槍沒拿穩，一個溜手，槍就滑了出去。

然而這一幕並沒有任何人看見，阿山也就不打算把真相說出來。

「現在怎麼辦？」一名隊員率先開口提問。

「我們還是先向大隊長請求支援好了。」

阿山拿起無線對講機，一按下去盡是惱人噪音。

對講機無法使用，阿山又拿起了手機，螢幕上卻顯示不在服務範圍，電磁波明顯受到干擾。

「阿勇，你先去通知大隊長，說我們找到殭屍了。」

阿勇應和之後，立刻就去。

空等也不是辦法，既然已經掌握了殭屍的行蹤，阿山決定還是先給她來個迎頭痛擊，等方正一到只管收屍就好，而自己則可以準備領賞了。

「那殭屍好像沒有追過來，我們再去一次看看，有什麼動靜記住不要慌張，小心應對。」

必要的時候，阿山也會展現出自己的大將之風，畢竟他也是直屬於方正底下，其中一個小隊的小隊長。

回到了剛剛的辦公室，果然殭屍還在裡面，好像在尋找什麼東西似的，不斷揮舞著乾扁瘦小的雙手，把辦公桌上的東西全都翻倒在地。

從辦公室裡散落一地的電腦主機，歪七扭八的桌椅，以及東倒西歪的大型裝飾、盆栽等，可以想見這殭屍有著與瘦弱外型不相稱的力量。

這回小隊分成了兩組，有了先前的經驗，大家也不再排成一直線，各自在門口的兩側找了掩護站定位。

才剛離開沒多久，阿勇再次歸隊：「報告隊長，電力系統好像出現異常，樓層間的防護門關上了，我們現在被困在四、五樓，電梯也沒辦法運作。」

「唉，想讓我大展身手也不用安排得這麼剛好。」阿山苦中作樂，自我嘲諷。

「阿強，槍給我。」阿山豎起了眉毛，目不轉睛地盯著裡面的殭屍，右手則朝身後的小隊員阿強揮了揮。

阿強是阿山在小隊裡的另一個得力助手，跟阿勇更是一對好拍檔。

阿強點了點頭，毫不猶豫就把自己的配槍給了阿山隊長。

剛剛大家退出來後並沒有把門關上，因此辦公室大門是敞開的，而殭屍也幸運地待在裡面沒有離開。

阿山把槍口對準殭屍，嘴角勾勒出一抹「贏了」的笑容，砰一聲，毫無預警地就朝殭屍開了一槍。

「嗚啊——」

一聲哀鳴從阿山後方傳來，站在阿山後面的阿強應聲倒地。

子彈穿過了殭屍的胸口，卻不知怎麼的又彈了回來。

「報告隊長，阿強中彈了！」

阿勇看到阿強突然軟倒在自己面前，查看後輕聲回報。

這下不但沒有對殭屍造成任何影響，還驚動了她。

殭屍緩緩回過身來，所有人立刻以迅雷不及掩耳的速度找掩蔽。

阿山等人全都屏氣凝神，還有人壓住自己的胸口，就怕急速的心臟跳動太大聲會招來禍害。

不過由於殭屍並沒有受到任何傷害，也沒看到隱遁的阿山小隊，定在原地約莫五秒後，再度漫無目的地破壞起辦公室。

「嗯，這一定是千年殭屍王，不只會把子彈射回來，還會讓子彈轉彎！大家小心點！」阿山特別囑咐。

「這屍體不是今天早上才送來的嗎？」一旁的隊員竊竊私語。

「千年是形容詞，是菁華的意思，對，就是菁華。」阿山頓悟地說：「她一定是吸收了放置千年的木乃伊菁華，屍變之後變成現在這樣！」

「隊、隊長，我想這只是我們這棟大樓的牆壁材質，使用的是高科技建材，可以承受高溫高壓，比一般建築堅硬數倍又可以防子彈，讓子彈反彈回來而已。」

「不早說，那用槍行不通，大家趕快把槍收起來。」

大夥兒趕忙收槍，阿山則陷入沉思，這下可怎麼辦才好。

「對付殭屍……對了，桃木劍！」阿山興奮地說。

「隊長，我們這裡沒有桃木劍啊。」

「去砍桌腳，把它做成劍。」

「這……我們大樓裡沒有一張木桌是用桃木做成的。」

「嗯，應該跟大隊長反映一下，要上面把木桌都換成桃木做的。」

「隊長，您不覺得與其這樣，不如直接要幾支桃木劍來放在大樓裡備用還比較實在嗎？」

「這話題結束很久了，你還在婆婆媽媽什麼，趕快想辦法啊。」

情況陷入膠著，大夥都沉著一張臉。

阿勇突然想到了什麼，拚命搖晃伸出的食指，興奮地說：「啊，黑狗血！我看電視上說過。」

「好，黑狗呢？」

「報告隊長，我家有養一隻。」

「不要出那種沒有幫助的主意。」阿山白了阿勇一眼。

眾人再度陷入沉思，只有阿山的嘴角緩緩地勾勒出一抹笑容。

「糯米，這個在電影裡用過，殭屍就怕糯米！」

阿山不禁崇拜起自己，在這種危急的情況下還能想到辦法。

「剛剛有誰午餐吃糯米的？」阿山突然一臉正經地問。

大家面面相覷，全部以搖頭作為回應。

「我就不相信中午都沒人吃糯米，大家分散開來搜垃圾桶，看有沒有便當裡面有殘留糯米的。」

大家都對阿山隊長投以一種「咦？不會吧？」的表情，只見阿山正經八百的樣子，絲毫沒有半點開玩笑的意思，也只好摸摸鼻子開始行動了。

過了一段時間，大家再度集合到辦公室前與留守的阿山隊長會合。

只見那殭屍不知道在執著什麼，竟然還在大鬧已經像垃圾場一樣亂的辦公室。

「怎麼樣？」

阿勇和其他已經回來的隊員一樣，一無所獲地搖了搖頭。

幾乎已經快全軍覆沒，每個回來的都頹喪著一張臉。

「平常不要糯米到處都是，現在要糯米卻沒人吃，我真的是有夠衰。」

阿山一邊抱怨，一邊不斷張望走廊的另一端。

這時，所有人的希望全都寄託在唯一還沒有回來，也就是剛剛才被子彈擦過的阿強歸來。

不一會兒，阿強便跛著腳，拖著槍傷，以笨拙的小跑步出現在走廊的盡頭，高舉拿著餐盒的右手，用微笑為大家捎來好消息。

「隊長，這便當盒上面還有一些沒扒乾淨的糯米飯。」

看到阿強帶回糯米，阿山的臉上卻看不見喜悅的表情，反倒是有些詫異。

「阿強，你這便當盒哪裡來的？」阿山一臉疑惑。

「我到五樓中間的休息室翻裡面的垃圾桶找不到，要出去的時候發現有張桌子上面有個忘記丟掉的餐盒。」阿強說著，指了指交給阿山的飯盒。

阿山一副若有所思的樣子，抬頭望著天花板，突然睜大雙眼和嘴巴。

「啊！這不就是我的便當嗎？難怪這麼眼熟。」阿山笑得燦爛：「我中午本來在那裡吃飯的，因為大隊長回來，我才趕緊隨便把飯吃一吃，太急了都忘記丟了，真不好意思。」

在場除了阿山以外的所有人，雙眼都不禁瞇成了死魚眼。

「我真是先知，知道下午要用到糯米，所以沒把飯吃乾淨。」阿山佩服完自己，正色說道：「阿勇，是你表現的時候了。」

阿山將飯盒塞給阿勇，阿勇怯懦地收下，拾起黏呼呼的糯米飯。

「隊長，這糯米都黏在我手上了，丟不出去啊。」

「你不會過去黏在她身上啊，真是不知變通。」

既然隊長都這麼說，而且好夥伴阿強也有了建樹，自己卻一直沒有表現，阿勇只好鐵青著臉，小心翼翼地往殭屍靠近。

好不容易趁殭屍背對著自己時，走到她身後，才準備要黏糯米，她卻突然回頭。

說時遲那時快，阿勇突然在被弄亂的辦公室中，踩到了不明物體，腳一滑，整個人都貼到了地面，恰巧躲過了殭屍突如其來的一記回馬槍。

阿勇好歹也是阿山小隊的菁英，在差點撞到地面的瞬間，靈巧地以雙手支撐住身體，沒有造成巨響。

然而飯盒卻已經打翻在地，只剩剛剛挖起來的一點糯米，黏在自己的指尖和地板之間。

為了隊長，為了大家，為了自己的名聲，為了世界的和平，阿勇站了起來，看了一下自己手上所剩的糯米渣，忿忿地朝殭屍背後按了上去。

殭屍瞬間定住不動，阿勇回過頭來開心地向大家比了個「讚」。

當阿勇再度回過頭去要確認完成任務時，原本背對著他的殭屍，以幾乎快要嘴對嘴的近距離，和阿勇正面相望。

阿勇「哇」的一聲慘叫，所有人早已逃之夭夭。

殭屍雖然動作不快，這次卻緊跟著追了出來。

阿山帶著大家衝進走廊末端的健身房裡反鎖，把殭屍困在外面。正確的說，是把自己整個小隊隔離在裡面。

雖然樓層間的安全防護門已經關上，但為了避免忽然開啟，危及其他人的安全，身為小隊長的阿山，有責任不能讓殭屍在外面亂走。

阿山吩咐其中一名小隊員在一整片的透明落地窗前吸引殭屍注意，不要讓殭屍離開這個健身房外面。

其他人則趕快利用時間商量對策。

「阿勇，你剛剛有確實黏上去嗎？」阿山口氣嚴厲地問。

「當然有啊。」

「嘖，這又是誰想出來的辦法，一點用都沒有。」阿山喃喃自語。

「不過電影裡不是都用生糯米嗎？」

「唉呀，我不是說過了，電影演的都假的啦，有糯米就不錯了。」阿山搖搖頭，兩手一攤。

阿勇突然靈光一閃說：「對了，以這女屍的動作看起來，比較像西方的殭屍，我們剛剛想的好像都是對付東方殭屍的方法？」

「你懂什麼，她生為東方人，死了就是東方殭屍，你以為我們這裡是美國嗎？」阿山沉吟了一會，再度開口：「好吧，用用看西方的也好，說不定她是混血兒。」

「我看過美國殭屍片，好像要對準她的腦袋……」阿勇比出手刀的樣子朝自己脖子劃過去。

「要砍頭喔？」

「嗯，不一定要砍掉，反正攻擊頭部就是了。」

「好，大家就地取材，找個武器，等等聽口令一起衝出去圍毆那個死人，記住，要攻擊她的頭。」

在阿山的鼓舞下，人家各自在健身房裡面找尋可以拿來當武器的東西。

「準備囉，一、二……」阿山高舉右手邊數邊比。

「殺！」阿山手一揮，大隊人馬齊聲衝了出去。

椅子、啞鈴、鐵餅、滅火器等等，所有東西全都往殭屍頭上飛去。

誰知這殭屍反射神經絕佳，眼前一堆東西不是被閃過就是被打掉。

好幾名隊員也因為被她打回來的東西擊中而掛了彩。

「哇靠，她剛剛一定有偷偷來這裡健身，這也太猛了吧。」

眼看殭屍的雙手因為打掉太多重物，已經變得畸形殘缺、破爛不堪，卻還是不受影響繼續使用，力道也一點都沒有減輕，阿山不由得佩服起來。

另一方面，已經把東西丟出去的隊員們又去補了貨，回來也還是一陣亂丟。

趁著一團混亂，阿強一把抓住殭屍的腳，阿勇則整個人朝她撲了過去。

原本是打算將她撞倒壓制在地的，誰知這殭屍竟然屹立不搖，仍舊好端端地站在原地。

阿勇只好抓住殭屍兩隻殘破的手臂繞到她身後，幾乎呈現整個人正面環抱殭屍的狀態，制止她的行動。

大家看到阿勇和殭屍幾乎重疊，全都停下手邊的動作，不敢再丟東西，也急得不知如何是好。

這對拍檔死命纏住殭屍，可惜好景不長，情勢急轉直下。

殭屍的力道遠比兩人想像的還要可怕，一打二一點也不成問題。

轉眼間阿強已經被她一腳踢飛。

而阿勇的手也被輕而易舉地撐開，本來抓著殭屍的阿勇現在卻反過來被抓住。

殭屍以所剩的幾根指頭和扭曲斷裂的手掌，用力握緊阿勇的兩隻胳臂，阿勇就像立正站好一樣，雙手緊貼著大腿兩側，想分也分不開。

阿勇雙眼流露出恐懼，眼睜睜看著殭屍張大了嘴巴，朝自己逼近。

「啊——」

一聲慘叫，所有人都像看恐怖片般瞪大雙眼，停住了呼吸。

只見阿勇一口咬住殭屍的脖子，還在她的脖子上留下好大一塊齒痕跟傷口。

阿勇直覺想到阿山隊長說過的，被咬就咬回去，但他可一點也不想被咬，只好先下手為強。

當所有人都愣在一邊的時候，阿山拿起照明燈，從殭屍背後用電線纏住她的脖子，用力一勒。

殭屍頓時鬆手，掙扎不已。

逃脫的阿勇趕緊遠離殭屍，阿山則被這一掙扎甩了出去。

「上火！」

不知道什麼時候，阿強從其他隊員手中接過一支自製火把，把它丟給阿勇。

阿勇一接到火把，拿出打火機就要點火。

舉凡生物都怕火，雖然不知道殭屍是不是生物，但如果說會自己活動的就算生物，那麼殭屍似乎也能歸為這一類。

火把一點燃，阿勇立刻舉起熊熊烈焰，微微向後拉出個拋物線，準備朝殭屍身上投擲。

一道漂亮的火光弧線劃過天花板邊緣，不但引起警鈴大作，也啟動了強力的消防灑水系統。

一場如同大雨般的灑水灌救，熄滅了火苗，也澆熄了大家的期待。

就在一片愁雲慘霧中，阿山突然跳了出來。

「哼，我阿山可是很難纏的，別小看我！」

阿山雙手用力往兩邊一扯，拉開的是剛剛被摔壞的照明燈所留下的電線。

沒了燈座的部分，只剩下一條電線和一顆插頭。

「這東西可不只能用來勒住脖子，還能這樣……」

阿山低頭看著一整片濕答答的地板，自己找了部放在落地窗邊的跑步機站上去。

「唔，不會吧。」眾多隊員心一凜，臉上一片慘綠。

阿山彎下腰，拿起附有插頭的一端，往牆邊的插座一送，隨手放開了電線。

「啪嚓」一聲，電線末梢冒出了火花。

除了阿山以外，其他所有人先是抖了幾下，接著眼前一黑，全都癱倒在地。

與阿山對峙的殭屍，隨著整個小隊的瓦解，竟然也像斷了線的傀儡，瞬間癱軟倒在地上，一動也不動。

「唷呼！大勝利！」

就在阿山歡呼的同時，電力系統終於恢復正常，同時也啟動了安全斷電防護系統，整個樓層頓時陷入一片漆黑。

「阿山！你們沒事吧？」方正的支援也隨後而至。

3 派遣分配

會議室中，方正、佳萱、阿山與楓正在討論著，眼前這個棘手的案件。

「小蒔的屍體是在上個月底時，在產業道路旁被人發現。因為始終無法確認她的真實身分，所以送過來這邊，希望可以找出她的身分。」佳萱說。

雖然方正特別行動小組可以直接詢問死者的身份，但小蒔的靈魂始終沒有出現。

「嗯，現在我們不但知道了她的身分，還知道她會屍變。」阿山雙眼無神地說。

「我去查過資料，目前不管是她，還是她老公，戶籍仍然是在雙方的老家。」楓看著資料說：「所以可以推測他們一直居無定所，所以戶政單位那邊，也沒有什麼資料。」

「所以現在是女的已經死了，男的失蹤？」

「嗯。」

方正沉吟了一會，點了點頭說：「小楓，妳帶著妳的組員，立刻前往男方家中，去詢問男方的下落，看看有沒有什麼線索。」

「是。」

「阿山，你帶你的組員，去女方家中，一方面通知家屬，另一方面看看有沒有可用的線索。」

「好。」

「小琳跟阿火呢？」

方正問的正是方正特別行動小組的另外兩個小隊長。

「小琳那組還在調查那件飛頭鬼火案，阿火還沒出院。」

「唉，阿火狀況怎麼樣？」

「還能怎麼樣？大概就是那樣囉。他那個病，不是醫學可以醫好的。」阿山搖搖頭說。

「那我們呢？」佳萱問方正。

「他們兩個追人，我們追屍。我們去找爐婆問看看，為什麼妳學妹會突然跳起來攻擊人。」

4 爐婆尋人

方正與佳萱一踏入爐婆的家中，就聽到爐婆悠悠地說：「坐！什麼都不必說！」

兩人照其所言，走到中央的桌子旁邊坐了下來。

「我已經知道你們為什麼而來了……」背對著桌子的爐婆等兩人坐定，緩緩轉了過來，一看到兩人的臉，一陣驚慌地說：「夭壽喔，怎麼會是你們兩個？」

方正白了爐婆一眼，佳萱笑著跟爐婆打招呼。

方正瞇著眼，似笑非笑地說：「所以乾媽妳知道我們兩個為什麼來了？」

爐婆一聽就知道方正在糗自己，白了方正一眼。

爐婆打量一下兩人然後緩緩笑著點點頭說：「當然知道，看你們兩個陰盛陽衰的模樣，就知道你們遇到麻煩了。然後……」爐婆臉色一垮，皺著眉頭說道：「氣中帶有屍氣，你們該不會遇到蔭屍吧？」

爐婆這話一出，換成方正與佳萱大大吃了一驚。

「爐婆妳好厲害！」佳萱興奮地叫著。

爐婆得意地笑著點點頭說：「那當然，妳不要看我這樣子，這只是偽裝，其實我也是有真材實料的。」

「乾媽，我們來這邊就是要跟妳打聽看看，為什麼人好端端的會變成殭屍？」

爐婆聽了皺著眉頭說：「抓蔭屍這種工作，不是你們可以來的，那可是會死人的。」

「我們沒有要抓，而且襲擊也已經被襲擊過了。」

方正將剛剛在局裡發生的事情，告訴了爐婆。

「我們想要知道，為什麼她會變成殭屍，如果是有人搞鬼，那麼能不能知道對方是誰？」

「她還沒有下葬，所以不可能是屍變。」爐婆皺著眉頭說：「肯定是有人下法。」

「那有辦法知道是誰嗎？」

「就好像一些人說的天下武功出少林，其實控制屍體的方法就根本來說只有兩種，要嘛就是像布袋戲那樣，直接操縱屍體，要嘛就是招來惡鬼，上那屍體的身。」

方正與佳萱點了點頭。

「控制屍體的方法很多，從巫毒到茅山，天主到道教，就連湘西趕屍、泰國降頭都有各門各派擁有類似這樣的技巧，台灣早期也有類似八女教這些道家門派可以控制。」

「哇，乾媽妳連國外的方法都知道啊？」

「當然，看你乾媽我連算命都準備了刷卡機，就知道我跟得上時代的潮流。」

「所以我們根本沒辦法知道控制屍體的人是誰嗎？」

「如果只憑屍體，說不定還可以看出門派，可是現在的問題是，就算看出門派，你也不可能知道是誰，就算真的讓你知道是誰，你還是得要請法師跟他鬥，光憑你們警察，恐怕沒辦法抓到他。」

「嗯……」方正低頭沉思。

的確，正如爐婆所說的一樣，如果整件事情的背後，根本就是有人作法殺害茗蒔，並且把她的屍體變成殭屍來作案，方正就算知道是誰，恐怕也阻止不了。

以屍追人的這條路，聽爐婆這麼一說，也只能作罷。

看樣子也只能回到案子本身上面，以人脈來追，看看能不能找到些蛛絲馬跡。

可是問題就在於，以佳萱所說的話來推測，想要找到茗蒔的老公，似乎有點困難，自己可不比任凡，找人一把罩，一點小線索都可以把人找出來。

想到這裡，方正又垂頭喪氣了起來。

「唉，如果任凡在這裡就好了。」

「哼、哼、哼？啊不然你把你乾媽我當成什麼？」爐婆一臉不悅地說：「什麼如果任凡在這裡就好了，啊不然我是多差？」

「唔，我不是那個意思啦。」方正趕忙解釋：「我是想說，任凡不是很會找人嗎？如果他在這裡的話，就可以幫我找到那個死者的老公了。」

「他會找人？哈，」爐婆不以為然地說：「你是第一天認識他嗎？他不過就是放放風聲，靠著他那個響亮的招牌，一堆鬼魂在幫他找的，你以為真的是他自己去找的嗎？」

「不管自己找還是靠鬼找，只要能找到就好啦，不是嗎？」

「哼，你以為我找不到嗎？」爐婆苦著一張臉說：「我是造了什麼孽，竟然會收到你這麼一個瞧不起乾媽的乾兒子。」

「妳又沒說妳會找人，我怎麼會知道啊？」

「我沒說？」爐婆捲起袖子，一副就快要爆發的模樣：「你問問佳萱，有沒有聽過我說，朝爐裡面看，可以看到你心目中所想要的答案。」

「啊？」聽爐婆這麼說，方正與佳萱異口同聲叫道：「真的可以這樣喔？」

「當然嘛可以，不然你以為我爐婆是叫假的嗎？」

「我以為那只是妳騙人的一種噱頭……」

「是有人規定只能拿自己不會的事情來騙人嗎？會的就不能唬爛了？」

爐婆看方正還是一副懷疑的表情，桌子一拍，站起來說：「阿厚啊，不展現一點功力給你們看，你們真的當我是沒用的騙子。聽清楚了！如果我沒有幫你們找到那個男人，我爐婆就不做你乾媽，我認你做乾爹，當你的乾女兒！」

「有必要賭那麼大嗎？」方正無奈地說。

「囉嗦！開壇！起爐！」

「用桌上這個不行嗎？」

「當然不行，這個爐看看運勢還可以，複雜的當然要用大一點的。」

爐婆帶著兩人來到後室，這間房間連方正都沒有進來過。

兩人一走進房間裡面，只見房間中央擺著一個像過年時候，大家搶頭香用的大爐，而爐的前面擺著一個神壇。

「你們兩個就站在那邊等我。」

爐婆說完，轉身走出房間，過幾分鐘之後，只見爐婆穿上道袍，走進房間，站在神壇前面。

兩人見到爐婆這身專業的打扮，不敢嘻笑，正經八百地看著爐婆。

爐婆在神壇前指著大爐說：「你們兩個現在圍在爐邊，手牽著手，然後心中默想著那個人的姓名跟長相，長相要想得越仔細越好。」

兩人聽到爐婆所說的，走到了爐邊。

接著聽到爐婆說默想，兩人垂下了手看著爐婆。

「嗯？」爐婆見兩人垂著手，皺著眉頭問：「你們怎麼不牽好，不會是害臊吧？」

「我只有剛剛出門前匆匆看了一眼他的照片，而且誰知道他那照片是幾年前拍的，現在變成什麼樣子。」方正說。

「我也是，只記得他好幾年前的長相。」佳萱說。

「嗯？那這樣要怎麼找。」

兩人面面相覷。

「好，換個方法。你把他的名字跟生辰八字給我。」

「生辰八字……」方正與佳萱露出一副苦瓜臉：「出生年月日可不可以？」

「唉，」爐婆皺著眉頭：「你們什麼都沒有，就算任凡也很難找。」

佳萱與方正互看一眼，臉上盡是無奈。

「有什麼就用什麼吧，雖然我也不確定這樣找到的一定是他，說不定剛好有人跟他同名同姓又同年同月同日生，那我就不敢保證了嘿。」

話雖然這麼說，但方正和佳萱也只能碰碰運氣，讓爐婆試試看了。

兩人將資料上面的姓名與出生年月日交給了爐婆，爐婆將名字以及出生年月日用毛筆寫在黃色的紙上，熟練地將兩張紙摺了又摺，最後變成一個小方塊。

爐婆將摺成小方塊的紙拿在手上，另一隻手在方塊上面磨兩下，然後將紙往爐中一丟。黃紙躺在爐灰之上，過了一會輕輕跳動了一下，剛剛爐婆揉過的那個紙角一黑，彷彿燭火般大小的火焰，在紙角竄起。

只見燒紙所冒出來的煙裊裊上升，爐婆走到大爐邊伸出食指放在爐上，那煙就好像一條緩緩上升的細繩般，輕輕地貼在爐婆的食指上。

這時爐婆有如一個魔幻的魔術師般，移動著手指在空中繞了幾圈，那煙就好像纏在爐婆手指上的細繩，隨著爐婆的手指移動，一點也沒有潰散。

爐婆在空中畫了幾下之後，將手指靠到自己的鼻子旁用力一吸，煙就這樣被爐婆吸進鼻孔中。

只見爐婆這一口氣吸得又深又長，爐中的紙這時轟的一聲，原本只是紙張一角燃燒的燭火，變成整張紙都陷入一片火海，熊熊燃燒了起來。

而原本那條宛如細繩般的煙，也變成一條粗壯的蟒蛇。

此時爐婆仍舊奮力狂吸，煙從一個鼻孔進入變成兩個鼻孔都不斷吸入大量的煙。

爐婆的鼻孔撐得老大，簡直可以輕鬆把整隻大拇指塞進去。

看著爐婆一口氣狂吸不止，方正也跟著忘了吐氣，險些岔了氣。

在熊熊大火的燃燒之下，紙張一下子就燒盡，而煙也全部被爐婆這又深又長的一吸，給全部吸入鼻中。

只見最後一縷煙，也被爐婆吸進去的剎那，爐婆喝的一聲，張大眼睛，全身開始顫抖了起來。

方正跟佳萱見到爐婆這樣，兩人緊張地靠在一起，屏氣凝神地看著爐婆。

只見爐婆像乩童起駕一樣不斷顫抖，頭還不停左右上下搖擺，一會看向右上，一會又轉到左下。

眼看爐婆越來越激動，方正跟佳萱很擔心等等爐婆不知道會做出什麼舉動，都緊張得不敢將視線從爐婆身上移開。

爐婆就這樣抖了一陣子，然後突然停了下來。

「好了，找到了。」爐婆淡淡地說

「啊？就這樣？」

結束得太突然，方正反倒覺得訝異。

「不然你覺得要怎樣？」爐婆白了方正一眼：「快拿紙筆來。」

兩人回過神來趕緊拿出紙筆。

「聽清楚囉，」爐婆大大吸了口氣，然後一口氣說道：「你先開車到距離這裡東北東方六十七點二公里的地方，然後朝山上開，從那條山路一路向上面開，差不多開三公里左右，遇到岔路的時候走左邊那一條，接著北上開四公里半左右——」

「等等！」方正伸手制止爐婆繼續說下去。

「安怎？不說快一點我會忘記喔。」

「乾媽，妳這樣我要怎麼走啊，我怎麼會知道六十七點二公里有多遠？」

「嗯？你們車子不是有里程表？加加減減不就知道了？」

「我又不可能直線開過去，在市區繞來繞去，那個早就不知道差多少了。」

「喔，你怎麼那麼兩光！囉嗦！」爐婆啐道：「不然你 GPS 殺來，我直接點給你。」

爐婆這話一出，方正下巴也掉了，佳萱在一旁樂不可支，大讚爐婆。

「爐婆，妳真是太強了！」

「當然，」爐婆得意地說：「這就是現在大陸那邊流行說的，好給力，對不對？」

方正回到車上，將 GPS 拿上來給爐婆，只見爐婆熟練地操作了起來，並且將座標點給了方正。

兩人湊近一看，只見那是在陽明山山腰上，一個前不著村，後不著店的地方，不禁懷疑了起來。

「這是什麼地方？」方正皺著眉頭問。

「我怎麼知道？」爐婆聳聳肩：「我看到的就是這樣，我怎麼知道那是什麼地方。」

方正張開嘴，正想要質疑爐婆的煙卦，立刻被旁邊佳萱頂了一肘，示意要他不要多嘴。

「你們算運氣好，」爐婆說：「剛好那個人距離我們比較近，我這個找人的煙卦又稱『索魂卦』，你們給的八字不完全，只能勉強算出離我們比較近的魂卦，而且這種卦只能幫你算出他最近到過的地方，所以你們最好趕快去，不然人跑了可別又來說我法術不靈。」

「喔。」

方正聽了站起身來就打算走，佳萱拉住他。

「怎麼啦？」

「爐婆，那個……」佳萱沉吟了一會說：「那種操縱屍體的法術，有可能在幾年之內學會嗎？」

「嗯，」爐婆想了一會，搖搖頭說：「不太可能，畢竟不管是哪個門派，想要像你們說的那樣操縱屍體攻擊人，我想都不是簡單的一件事情。不過不管是哪個門派，你們都不是對手。」

「那該怎麼辦？」

「這樣吧，」爐婆皺著眉頭說：「你們先去查看看她的老公，不管是不是他，都不要輕舉妄動，然後晚上十一點，來這邊接我，我準備準備，跟你們回局裡去，看看能不能從屍體找到些蛛絲馬跡，查清楚對手的流派。」

「查到對方的流派之後呢？」

「那你乾媽我就跟他鬥法，看看是他的邪魔歪道強，還是你乾媽的寶刀未老。」爐婆不懷好意地笑著說。

5 集結

方正與佳萱駕著車，朝著爐婆煙卦中的地方駛去。

路上，方正接到了來自楓與阿山的電話。

楓的小隊負責調查男方的家屬。

「我們家沒有這種人！」

男方的家屬對於俊邦不顧家人反對，而硬要與女方結婚非常不諒解。

一連問了幾個相關的親屬，得到的答案都是大同小異。

所以不只是無從得知兩人在婚後的行蹤，就算是兩人真想要把自己的行蹤告訴男方家屬，男方家屬也不想聽。

由男方家屬的態度，不難看得出當年男方家屬對兩人交往的強烈反對，而且情況也真的跟佳萱所說的一樣。

男方家屬幾乎都在抱怨茗蒔的父親，當年是如何搶他們的生意，如何用卑鄙的手段跟他們進行法律訴訟，就連他們決定收攤不做生意，茗蒔的父親郭大川也絲毫不放過他們，搞到他們變賣家產，生活潦倒。

而另一方面，阿山所率領的小隊負責調查女方的家屬。

年輕創業白手起家的郭大川，經營方法蠻橫、不擇手段，所以不只與陳俊邦一家結怨，就連自己的親朋好友也跟他決裂。

在老婆死後，眾叛親離的郭大川，唯一的至親，也是唯一在乎的親人，就只有寶貝獨生女郭茗蒔。

當阿山將郭茗蒔橫死在產業道路旁的消息，告訴郭大川時，他恨恨地指責陳俊邦一定就是害死他女兒的兇手。

至此為止，都算與佳萱當年所知道的情況一致。

兩個不被祝福的戀人，因為家族互為世仇的緣故，所以就連戀情也不被允許，就跟羅密歐與茱麗葉一樣。

只是兩者不同的是，茗蒔與俊邦他們打從一開始就忠於自己的情感，不顧家裡人的反對而決定私訂終身。

可是這個原本應該甜蜜浪漫、為了愛情義無反顧的婚姻，在茗蒔成為一具屍體之前，應該就已經變調了。

想到這裡，佳萱不禁感到哀傷。

方正告訴兩人爐婆所指示的地點，要兩人前來支援。只要有楓在，如果兇手真的是陳俊邦，也不怕他不承認。

方正與兩人約在山道入口處的道路旁，準備等兩人到達之後，再一起上山。

停在路邊等待的這段時間，方正與佳萱就案情聊了一下。

「我看到了，」佳萱語氣有點哽咽：「茗蒔身上有些舊傷。」

「妳懷疑她被家暴？」

「唉，」佳萱搖搖頭說：「我真的想不到他會這樣對茗蒔。」

「在大學時代，妳有看出他有這樣的傾向嗎？」

「沒有，」佳萱說：「不過阿邦一直都有點鑽牛角尖，一旦雙方產生誤會，很難跟他說得清。他會朝著自己想要的那個方向去想。」

「嗯，如果沒有這樣的特質，我想要不顧家人反對，寧可跟家人決裂也要結婚也很難做到吧？」

「或許吧，」佳萱不置可否地說：「我事後常常想到茗蒔學妹在婚宴時說的那句話，有時候也會在想，會不會就是阿邦的這個個性，讓茗蒔覺得自己終有一天會……」

「那也不是妳的錯，」方正安慰著佳萱說：「畢竟說到頭來，決定要嫁給阿邦的人是茗蒔她自己，不是嗎？」

「我總覺得，如果當時我可以好好跟茗蒔還有阿邦聊聊，或許今天這件事情就不會發生了。」

「唉，就好像俗話說的一樣，清官難斷家務事，就算妳真的介入，我想他們兩個連家庭都可以不顧，妳介入應該效果也不大吧？」

「嗯……」

方正非常能夠了解佳萱的心情，畢竟千金難買早知道，如果知道事情結果會變成這樣，產生悔恨的心情在所難免。

就好像如果知道當初纏著自己的女鬼淑蘋，最後會為自己捨身而亡，方正就算不答應與她成親，也會更加善待她。

後悔是悲劇過後，留給倖存者所背負的十字架。

如果說任凡是打開方正人生另外一扇門的人，那麼淑蘋就是為方正關起另一扇門的人。

任凡告訴了方正，生命的終結並不是人生的終點，而淑蘋告訴了方正，即便成為了鬼，還是得面臨離別。

車內的兩人沉默不語，彼此在心中品嘗著這悔恨的滋味。

天色逐漸昏暗，黃昏的夕陽為天空灑上一股憂鬱的顏色。

遠處，阿山與楓的座車陸續出現。

四人集合之後，一起朝山上開去。

只是四人沒有注意到的是，後面有一台黑色的轎車，遠遠地一直跟著四人的座車。

6 斷橋或死火的車

方正等人依照著爐婆所給的方位，一路朝山上開去。

三輛車在蜿蜒的山路上開了好一陣子，在轉了幾次彎之後，路越開越小，終於到了盡頭，無法再繼續開下去。

四人放棄了車子，改為步行。

「隊長，你的消息來源可靠嗎？」阿山狐疑地問。

方正皺著眉頭聳了聳肩，看了看手上的 GPS。

「可不可靠等等就知道了，只要再走不到一公里，答案就會揭曉了。」

三人在方正的帶領之下，穿過了一片小小的森林，果然差不多在一公里處，發現了一間木屋。

方正見狀，不敢大意，立刻要佳萱先在遠處等待，自己則率領楓跟阿山，從三面小心翼翼地靠近木屋。

方正來到東側木屋的牆壁邊，探頭看了一下屋內的環境。

只見木屋裡面空空蕩蕩，似乎已經很久沒有人居住的感覺。

難道說真的晚了一步？

由另外兩面觀察情況的阿山與楓，這時也來到了東側，對方正搖搖頭，示意裡面沒人。

方正與阿山兩人，一起衝進屋內，確定了屋內安全之後，揮了揮手要佳萱過來。

四人在屋內找了一下，果然沒有見到任何人的蹤跡。

「如何？」方正問其他人。

佳萱搖搖頭。

「不要說人了，你看這桌上積了一層灰，我看這間木屋已經荒廢很久了吧？」阿山說。

「嗯，這邊應該很久都沒有住人了。」楓也有同樣的意見。

想不到千辛萬苦找到的地方，竟然會是一座空屋。

看樣子這次爐婆的法術真的不靈了，不過方正並不想就這樣放棄。

「說不定……」佳萱摸著下巴說：「爐婆所說的地方，並不是指這間木屋，畢竟 GPS 一個點的範圍之內，都有可能是爐婆說的地方，我們要不要在這附近搜一下？」

方正聽了點了點頭，雖然大家心裡都覺得可能性不大，不過既然來了，在附近搜一下也不為過。

眾人離開木屋，在四周圍查看了一下，只見這附近除了這間木屋之外，四處都被雜草包圍。可以想見的是，當年在這邊蓋木屋的人，曾經整頓了四周的環境，但是隨著人去樓空，這附近也跟著荒廢了下來。

照道理來說，就算茗蒔的老公陳俊邦真的逃到這個地方來，有一間木屋在這裡，沒理由不住在木屋裡面，而選擇在這片雜草叢生的地方棲身吧？

眾人在木屋周圍晃了一下，果然沒有看到什麼可以藏身的地點。

「會不會是那裡？」注意到什麼的佳萱，用手指著遠處。

眾人朝佳萱所指的方向看過去，只見在遠處的山坡上，似乎有一間建築物，在這時點起了燈光。

「應該不會吧？」方正說：「那邊距離這邊至少也有一公里以上。」

「嗯……」阿山盤著手說：「說不定真的有這樣的誤差。」

就在眾人還拿不定主意時，站在大家身後的楓，突然左顧右盼了起來。

「你們有沒有感覺到不對勁？」楓說。

「什麼東西不對勁？」阿山問。

楓將手指放在自己戴著口罩的嘴上，示意要阿山不要說話。

楓慢慢環顧著四周，其他人見狀也跟著看了一下。

不看還好，這一看四人立刻感覺到不對勁。

只見包圍著木屋四周的雜草中，一個接著一個的鬼魂從地上冒了出來。

「隊長……」阿山緊張地說：「有、有很多鬼魂冒出來了。」

「看到了啦。」

「不太妙，」佳萱跟方正說：「我們還是先逃離這裡吧。」

方正聽了點點頭，下了指示說：「先撤回車子去。」

大家聽了之後，趁著那些鬼魂還沒有完全浮現之前，匆忙循原路下山。

四人跑了好一陣子，一邊回頭確定那些鬼魂都沒有追上來，好不容易才回到了車子這邊。

四人匆忙上了車，方正將車鑰匙插入孔中，可是怎麼轉都無法發動車子。

另外一邊的楓與阿山，也有同樣的情形。

「這到底是怎麼一回事？」

如果只是一台車子無法發動，那倒還可以接受，可是三台車子都無法發動，肯定有鬼。

方正拿出手機，看了一下，這邊可能地屬偏僻，也可能因為上面有一堆樹林擋住了訊號，手機根本無法通話。

連手機都不通的話，最壞的打算就是用走的走回有馬路的地方，然後再想辦法求救了。

正當方正這麼想的同時，坐在旁邊的佳萱拍了拍他的肩膀。

方正一抬頭，整個人倒抽一口氣。

只見一個碩大的鬼魂，就趴在車子的引擎蓋上，臉靠在前面的擋風玻璃，朝著裡面張望。

第3章・謎樣的女子

1 不安的少女

天色昏暗，這間座落在山中的寺廟，由於四壁年久失修之故，廟內的燈光從屋內流瀉出來，彷彿成了一座座落在山中的燈塔，即便遠在對山也可以清晰看到。

正準備做晚課的少女，走出了寺廟的大門，望著山坡下。

從黃昏入夜之後，少女的內心就一直覺得不安穩。

這種感覺越是入夜，越是強烈。

從小就有靈異體質的少女，對這種感覺再敏銳不過了。

少女非常清楚，今天的夜晚特別的不同。

記得在少女上山的時候，曾經有見到過在路上有一間荒廢已久的木屋。

今天就是在那個木屋的位置附近，少女有了特別的感應。

她知道自己如果現在靠近那間木屋的話，肯定會看到許許多多的鬼魂。

這時一個身影出現在少女背後，那是一個穿著僧服的老師父。

「怎麼啦？晚課要開始了。」老師父說。

「師父，您有感覺到嗎？」

老師父走到少女身邊，皺著眉頭看向木屋的那個方向。

「我已經在這裡半個世紀了，從來沒見過這種景象。」老師父皺著眉頭說：「雖然在那間木屋後面有一片亂葬崗，但是早在我搬來這邊的時候，就已經沒見過那邊還有什麼遊蕩的鬼魂。」

「嗯。」少女點了點頭。

因為少女從小就有很強烈的靈感力，就算是白天，有任何鬼魂在附近遊蕩的話，少女經過也一定會有所感應。

當初少女經過那間木屋也有看到那片亂葬崗，但是都沒有感應到任何鬼魂，所以老師父說的話並不假。

「所以，這肯定是有人作法。」老師父下了這麼一個定論：「我勸妳，這種人世間的恩恩怨怨，還是不要介入比較好。」

「可是……」女子掙扎了一會，點了點頭說：「嗯。」

「快進去吧，晚課開始了。」

老師父說完，先行轉身朝室內走去。

少女多看了木屋那邊一眼，剛剛欲言又止的她，其實沒有說出口的是，說不定這些鬼魂就是來找我們的。

畢竟少女在一年多前，曾經跟幾個同伴一起，惹惱了一個不得了的跨國組織。那個跨國組織的勢力龐大，就連各國的政經界高層，都有他們的爪牙。所以就算真的可以查到少女在這個地方，並且找來會作法的人士，招喚出這些惡靈，似乎也沒什麼好意外的。

老師父見少女沒有動作，開口說道：「還是不要管比較好，妳再過一天就下山了。如果妳有什麼意外，我真的不好交代。進來吧。」

老師父朝少女揮了揮手，少女跟著老師父回到寺廟裡。

進到屋內前，還不忘再度回頭，看了看遠處的山坡下，那間木屋的地方。

2 四面湧現的鬼魂

想不到鬼魂竟然多到連車子這邊都有，眾人趕緊下車，這才發現原來這些鬼魂竟然是從他們來時的道路過來的。

方正見狀，只好帶著眾人又朝著木屋的方向跑。

「隊長！」看著方正又朝木屋跑，阿山著急地在後面叫道：「你忘記木屋那邊也有了嗎？」

「不然怎麼辦？」

方正當然知道木屋那邊也有鬼魂，可是比起追在後面的這些鬼魂來說，木屋那邊的鬼魂距離木屋還稍遠一些，還有時間讓大家可以躲一躲。

「那邊！」楓用手指著木屋東邊的一個小山坡叫道：「我們去那邊！」

那個山坡距離木屋有一小段距離，應該可以成為讓眾人免於夾在兩群鬼魂中間的避難所。

「好！」

方正等人立刻朝小山坡跑了過去，山坡傾斜的坡度不算陡峭，所以眾人一口氣就爬上了山坡。

一等到大家都爬上來之後，眾人回頭看了看那群鬼魂，只見從車子那邊追著眾人的鬼魂，這時候也朝著木屋方向過去了。

大家好不容易鬆了一口氣，這時突然聽到阿山倒抽一口氣。

「隊長！你看！」

阿山指著山坡後面，大家順著看過去，臉色也跟著驟變。

只見山坡下面，滿滿排著一個又一個的石碑。

想不到在山坡的另外一面竟然就是一片墳場，也難怪這裡會有那麼多鬼魂。

雖然整片山坡都是墳場這點，讓四人嚇了一跳，可是當大家定下神來時，就發現墳場裡面連一隻鬼都沒有。

「你們有看到什麼嗎？」阿山問。

「沒有。」楓與方正回答。

「佳萱，妳呢？」

看佳萱沒有回答，方正轉過頭來問佳萱。

佳萱不但還是沒有回答，還出手朝方正的臉抓了過去。

佳萱突然動手攻擊方正，讓方正措手不及，雖然反射性地用手去擋，但佳萱還是啪的一下打中了方正的臉。

楓與阿山都被這一下給驚動，紛紛轉過頭來看著佳萱。

方正被這一下打得眼冒金星，頭昏眼花。

「法醫？」阿山問。

「佳萱姐？」楓問。

佳萱沒有回應兩人，只是低著頭，沉默不語。

方正搖了搖頭，好不容易看清楚，這時映入眼簾的是佳萱的一雙腳。

「你們看。」方正用手指著佳萱的腳。

阿山與楓看過去，只見佳萱雖然腳沒有離地，但是卻只用腳尖著地，腳跟微微抬起沒有著地。

與此同時，佳萱的口中突然發出詭異至極的嘻笑聲。

「嘻嘻嘻——」

3 突破重圍

三人屏住氣息看著佳萱。

佳萱緩緩抬起頭來，雙眼只剩下眼白，沒有看到眼珠。

阿山用顫抖的手，指著佳萱說：「法醫被……」

話還沒說完，佳萱突然朝阿山撲了過來。

阿山躲避不及，被佳萱撲倒在地上。

想不到佳萱會突然這樣偷襲阿山，楓與方正也是措手不及，一直到倒在地上的阿山發出求救才反應過來，兩人連忙過去幫阿山解危。

雖然不知道佳萱哪來的力量，以一敵三，但是三人再怎麼說，也是訓練有素，並且這些時間以來，都是站在第一線的警員。

即使沒有電影裡面葉問的身手，但是三人一陣混亂之中，也很快地一人一手，另外一個雙手壓住佳萱的腳，將她制伏在地上。

「這到底是怎麼回事？」方正喘著氣，緊緊壓住佳萱的一隻手說。

「隊長你沒看到嗎？」阿山扣住佳萱的另外一隻手回答：「法醫她被鬼上身了。」

「現在該怎麼辦？」楓問。

被三人壓制在地上的佳萱，不斷地掙扎。

雖然現在一時之間掙脫不了，但是時間久了，方正等人一定會力竭，到時想要再制伏佳萱就難了。

方正想了一會，對著楓說：「小楓，拿妳的手銬銬住佳萱的腳。」

「好。」

楓照著方正的話，用身體壓住佳萱的腳，將手伸到身後，準備拿放在腰際的手銬。

佳萱趁著這個時候，將腿一蹬，竟然將楓整個人震起來。

趁這個機會，佳萱將腰一挺，硬是把方正與阿山拉起來，接著整個人也站了起來。

阿山沒料到佳萱會有如此神力，手一沒抓穩，在起來的途中被佳萱甩開。

方正見兩人都被佳萱給甩掉，只剩下自己一個人，趕緊扭動身子，將佳萱整個人揹了起來。

方正正準備叫兩人趁著佳萱被自己揹著的時候，把她的雙腳銬起來。

想不到背上的佳萱張大了嘴，朝著方正的脖子就咬了下去。

方正頸子一吃痛，情急之下腰部一扭，順勢用過肩摔把佳萱摔出去。

被鬼上身的佳萱，在空中轉了一圈，順勢著地，轉過身來對著方正等人。

佳萱壓低身子，口中大口喘著氣，原本沒有瞳仁的雙眼，這時分別看向不同的地方，詭異至極。

「隊長，你還好吧？」楓擔憂地問。

「還好，要是再晚一秒，」方正壓著自己的頸子說：「我的脖子可能現在已經被她咬掉一塊肉了。」

「現在怎麼辦？」

三人看著佳萱，佳萱則對著三人，冷冷地笑著。

「我知道了！」阿山突然指著佳萱叫道：「掐死她！快點！隊長，快掐死她！」

「什麼？」方正一臉訝異看著阿山：「她只是被附身，你就要我殺死她？」

「不！不是真的殺。我阿嬤說，被鬼上身的人，只要一斷氣，鬼也會跟著再死一次，所以它們一定會在她斷氣之前，逃出她的肉身。」阿山口沫橫飛地解釋道：「當然把她從高處丟下來也一樣，只要讓鬼魂覺得附身的主人會死，它就會自己逃出肉身。可是我們現在在山上，把她丟下去我看法醫也死定了。」

聽到阿山這麼說，方正先是一愣，然後瞬間從腰際掏出了槍，對準了佳萱。

「佳萱！」方正大叫了一聲，吸引佳萱的注意。

佳萱緩緩轉過頭來，眼神流露出那恐怖不屬於人間的眼神。

「隊長，不是這樣！」

阿山正想跟方正解釋，之所以用掐的是因為這樣在佳萱真正斷氣之前，鬼魂一定會先行逃出來。

可是阿山話還來不及說完，砰地一聲巨響，從槍口發了出來，嚇得阿山張大了嘴，半天說不出話來。

方正對準佳萱之後，毫不猶豫地開了槍，震耳欲聾的槍聲，除了讓阿山嚇到魂飛魄散，就連附身在佳萱的鬼魂，也發出哀嚎聲。

槍火之下，佳萱軟倒在地。

見到此景不只阿山亂成一團，就連楓也摀著臉不敢置信的模樣。

「隊長！你竟然……」難以置信的阿山，衝到了佳萱身邊：「我的天啊！隊長！你做了什麼！」

阿山手忙腳亂地在佳萱身上胡亂搜尋。

「耶，住手，你想幹嘛？」

「找彈孔止血啊！」

有別於方正的冷靜，阿山的聲音幾近歇斯底里。

「你第一天當警察嗎？這樣射如果真的打中她，還需要找嗎？血早就噴得到處都是了。」

「所以你故意沒有射中她？」

方正搖搖頭說：「不，瞄是瞄得很準，只是這把槍，是我早上拍那個宣傳片的時候用的，裡面甚至連空包彈都不是，只是會發出巨響的道具槍而已。」

果然方正才剛說完，佳萱秀眉一皺，「嗯」的沉吟了一聲。

「逼是把那鬼給逼出來了，接下來呢？」方正皺著眉頭問道。

4 狀況分析

「等法醫好一點之後，我們還是想辦法下山吧？」阿山提議。

的確，就現在的狀況來說，已經遠遠超過了方正等人所能負荷的範圍了。

更何況那個剛剛上過佳萱身的鬼魂，誰知道它會不會折回來，再上其他人的身。

佳萱剛回過神來，頭還昏昏沉沉的，楓在一旁照顧著她。

就在方正還拿不定主意的時候，一道聲音從身後的墳場傳來。

「唉唷。」從聲音聽得出來是個男人。

「誰？」

阿山用手電筒，朝著聲音的來源照過去。

一個年約五十多歲的男人，正扶著一個墓碑。

「你為什麼會在這邊？」阿山驚訝地看著那個年約五、六十歲的男人。

「他是誰？」

「他就是郭茗蒔的爸爸郭大川。」

「伯父。」佳萱見到郭大川，對大川說：「你還記得我嗎？我還在讀大學的時候有去家裡找過茗蒔，跟你見過幾次面。」

郭大川看著佳萱，過了一會才說：「我想起來了，妳是茗蒔的學姐。」

「嗯，」佳萱皺著眉頭，沉重地說：「茗蒔的事情……節哀順變。」

聽到佳萱這麼說，大川臉上又堆滿了傷痛，用手摀著嘴。

眾人沉默不語，靜靜地等待著大川整理自己的情緒。

通知家屬，自己的至親已經不在人世間了，不管方正當警察多少年，還是覺得不習慣。

過了一會之後，方正與佳萱交換了一下眼神，佳萱問大川說：「話說回來，伯父你怎麼會到這裡來？」

大川用手指著阿山說：「今天就是他告訴我，小蒔過世的消息。他跟我說……，我的女兒已經死了，而且還屍骨不全！」

「什麼！」

大川這話一出，本人是痛哭失聲，其他人則是轉過來惡狠狠地瞪著阿山。

要知道，對家屬說話要特別小心，而且必須要有感同身受的同理心，這是警察機關特別強調的部分，想不到阿山竟然會這樣告訴家屬，讓大家不敢置信。

方正身為阿山的直屬長官，走到阿山旁邊，小聲地斥責道：「你怎麼辦事的？怎麼可以這樣跟家屬說！」

「我沒辦法啊，」阿山萬分無奈地說：「他一直鬧說要去警局看他的女兒，我總不能跟他說，因為你的女兒屍變，所以屍體被我們打壞了吧？」

「那你也不能這麼說啊！」

「嗯，」楓冷冷地說：「你不能跟他說案件正在調查，大體正在相驗，目前還沒有辦法讓家屬——」

「我說了啊！」阿山喊冤：「他不管說什麼，都要衝到警局去，我一時情急，才會……」

即使阿山這麼說，但是眾人還是投以責備的眼光。

另一邊的大川，在平復了情緒之後，指著阿山緩緩地說：「所以在他離開之後，我就一路跟蹤他，我一定要見到那個賊！」

「賊？」

「那個偷走我女兒的賊。」

「你是說陳俊邦？」

「對！就是他！」

看來一直到現在，大川還是沒能原諒俊邦，在他的眼中，他永遠都是那個帶走自己女兒的賊。

「可是，」方正皺著眉頭說：「你怎麼會知道我們是要來找他的？」

「他在那邊交代其他人的時候，被我聽到的。」

這話又讓阿山成為眾矢之的。

「不管怎樣，我都要當面問一次那個賊，他當初是怎麼跟我保證的！」大川說著，捲起袖子朝著木屋說道：「他現在是不是在那間木屋裡面？你們走開，讓我去跟他說。」

眼看大川說完就朝著木屋走，大夥趕緊拉住他。

「不，他不在那邊。」佳萱急忙跟大川解釋：「我們已經搜過木屋了，那邊沒有任何人。」

「胡說！那你們為什麼還在這邊，為什麼不下山？」

大川這一問，倒是問倒了所有人，總不能老實跟他說，他們在這邊是因為被鬼包圍吧？

眼看大川就要爆發了，大夥一時之間真的解釋不出來。

「那是因為……」阿山這時候突然開口，讓大家嚇了一跳，所有人都在大川背後，揮動著手示意要阿山不要亂說話。

問題在於阿山已經騎虎難下，大川那對質問的眼神，簡直就快要吞了阿山。

阿山吞了口口水，緩緩地說：「那是因為我們的車子突然都故障了，我們才會走上這個山坡，看看能不能收到手機訊號，打電話下山請人來修。」

阿山這個解釋，讓後面的眾人都鬆了一口氣。

想不到這小子，在危急的時候還滿有用的。

方正心想，摸著自己的胸口。

「對了！」阿山跟著說：「陳先生你是開車跟著我們的吧？那你的車子呢？」

「我停在距離你們一小段路的地方。」

「那太好了，我們可以坐你的車下山。」

「不行，」大川搖搖頭說：「我的車已經沒油了。我為了不跟丟你，所以沒有時間去加油，幸好老天保佑，在我油箱見底之前，你們就停下來了。」

聽到大川這麼說，阿山絕望地抓著頭。

楓帶著大川到旁邊休息，並且承諾一旦找到了俊邦，會讓大川跟他見一次面，才讓衝動不已的大川安靜下來。

楓回來之後，眾人正在商量接下來該怎麼辦。

「首先，在我們來這邊的時候，」佳萱看著眾人說：「你們都沒有人見到那些鬼魂吧？」

大夥點頭回應道：「嗯。」

「換句話說，那些鬼魂很明顯是等我們到達之後才出現的。」佳萱說：「不是嗎？」

「喔。」方正點頭，聽到這裡他終於搞懂了佳萱要說的話，對著佳萱說：「我知道妳的意思了。」

眾人望向方正，等待他的解釋。

方正解釋道：「我跟佳萱在來這邊之前，去問過我的乾媽，她說整件事情很有可能是有人作法，所以……」

「喔，我也這麼認為，不然那個茗蒔怎麼會無緣無故變成殭屍！」阿山大聲地贊同方正。

這話一出，所有人立刻垮下了臉，一同看向在旁邊休息的大川。

果然大川聽到了這句話，一臉難以置信，整個人跪倒在地。

大川哭喊著：「什麼？你們是說真的嗎？殭屍？這到底是怎麼回事？到底是什麼人，為什麼要這樣對我的小蒔？」

眾人見狀，對阿山一同投以責備的眼光。

阿山哭喪著臉，聳聳肩表示自己不是故意的。

「伯父，你別太難過。」佳萱拍著大川的背，安慰著大川說：「我們一定會抓到那個兇手的。」

「兇手？」大川揮舞著手叫道：「兇手還會有誰，一定就是那個男人！」

佳萱留在大川身邊，安慰著大川，方正帶著兩人繼續討論。

「可是我不太懂的是，」楓淡淡地說：「如果那些鬼魂真的是衝著我們來的，為什麼沒有朝我們這邊過來？」

被楓這麼一說，大家也覺得有道理。

畢竟那些鬼魂很明顯是集中在那間木屋，並沒有朝眾人過來。如果那些鬼魂是針對眾人而來，為什麼沒有追過來呢？

「我知道了！」阿山拍手說道。

「啊？」方正與楓兩人一臉不相信地看著阿山。

「我們剛剛連滾帶爬，連燈都沒有開，除非是緊緊跟在我們身後的人，不然一定會認為我們就躲在那個木屋裡面，所以才會指示那些鬼魂包圍木屋。」

「我們有連滾帶爬嗎？」

沒有理會方正的疑惑，阿山接著說：「兇手一定就躲在附近，可是卻沒有距離我們很近，所以才不知道我們已經躲到這片山坡上了。」

聽到阿山這麼說，方正與楓兩人互相看了一眼。

這或許是第一次，兩人都覺得阿山說的有道理。

的確，如果這一切都是那個兇手作的法，那麼兇手必須準確掌握眾人的行蹤。

而如果兇手是躲在比較遠的地方，那麼有這樣的誤差，或許還在理解的範圍內。

如果這樣的推理說得通的話……

方正站到山坡前，仔細環顧了一下四周，最後將眼光停留在某個地方。

是的，如果方正是兇手的話，他也會選擇那個地方。

方正用手指著那個地方，阿山與楓兩人一起看過去，那正是剛到木屋的時候，楓所發現的那棟建築物。

在夜幕低垂的現在，只剩下那棟建築物散發著光亮，除了說明裡面有人之外，也是可以鳥瞰這間木屋最好的地方。

「嗯。作法弄出這些鬼魂的人很有可能就是在那邊。」

楓也贊同方正的猜測。

「可是，」阿山皺著眉頭，苦著一張臉說：「現在那些鬼魂就聚集在那間木屋，如果我們要到那棟建築物，不就要穿過那些鬼魂？」

事實正如阿山所說的，以目前眾人所在的山坡，想要到達那棟建築物的話，就得穿越眼前這群彷彿河流般的鬼魂們。

方正看著在山坡後方的這片墓園，低頭沉吟了一會。

「我有辦法了。」

「喔？」

「你們想辦法去找鏟子還有提捅水來。」

「鏟子？」

「對，不一定要鏟子，總之只要可以挖土的東西都可以。」

方正說這些話的時候，眼光一直停留在墓園上。

「隊長，你想要盜墓嗎？」阿山狐疑地問。

「當然不是。」

「如果是挖地道的話，挖到天亮我們可能連木屋都挖不到喔。」

「不是要挖地道啦！」方正揮揮手說：「先別問那麼多了，快點去找。」

在方正的一聲令下，阿山與楓散開來找。沒多久，阿山就在墳場的廢棄倉庫內找到鏟子，也找到了水龍頭。

楓則在另外一處找來了一個勉強可以盛水的桶子。

在這期間，方正為了方便做事，拜託佳萱將大川帶開，到墓地的另外一邊休息。

兩人將工具拿來，並且提桶水來了之後，方正挑了一塊土質比較鬆軟的墓地，拿起鏟子，開始挖了起來。

隊長到底是在搞什麼鬼啊？

沒有人知道方正到底葫蘆裡賣的是什麼藥，楓與阿山只有靜靜地在一旁狐疑地看著方正。

過了一陣子之後，總算將其中一座墳墓上大部分的土都給挖了起來，連棺材都已經顯露出來。

「隊長，你該不會要我們開棺吧？」阿山一臉嫌棄地說。

「不用，」方正將鏟子交給阿山說道：「挖另外一邊的土，把墓地填平。」

方正說完這句話，阿山差點沒暈過去。

「隊長，你鬼上身了嗎？」阿山激動地說：「哪有人把地挖一挖，然後再埋一埋，這不是吃飽了撐著沒事幹嗎？」

「當然不是，」方正皺著眉頭，催促阿山：「你趕快埋一埋，我會好好跟你解釋。」

「隊長，你該不會把這裡當農地，還要換土吧？」阿山一邊埋土，一邊埋怨。

「就跟你說不是了，」方正轉向楓說：「拿水給我。」

楓將水桶拿給方正，方正接過水之後，將水潑到剛剛挖出來的一堆土堆上。

原本就有點濕潤的土，和著水逐漸成了泥。

方正要楓再去弄一桶來，自己則用手在上面攪拌了一會，然後將泥一手一手掬到旁邊。

這樣的步驟反覆做了幾次之後，終於將所有挖出來的土，都變成了泥。

而另外一方面，阿山也終於把墓地給填平了。

「這個東西，」方正捧起一堆他剛剛特調的泥巴說：「就是俗稱的蓋棺泥。如果我沒有記錯的話，只要把這些東西抹在身上，鬼魂就不會發現我們了。」

「真的假的？」阿山的不信任全寫在臉上。

「嗯，真的。」方正看著手上那一抹泥巴，微微笑著說：「我以前跟某人用過。」

看著方正一臉溫馨地看著泥巴，阿山冷冷地說：「我還是覺得隊長被鬼上身了。」

方正白了阿山一眼，冷冷地對阿山說：「脫衣服。」

「啊？」

「抹這種泥要脫衣服抹，抹在衣服上沒用的。」

「不是這個問題，問題是為什麼要我去。」

「這裡只有我跟你是男的，你總不會叫楓去吧？」

「那你呢？」

「放心啦。我會跟你一起去。」

「我不是這個意思，我的意思是，」阿山哭喪著臉說：「不能你自己一個人去嗎？」

「不行。」方正堅決地說。

5 前往寺廟

方正與阿山兩人脫光了衣服，抹上了蓋棺泥後，摸黑朝著木屋的方向前進。

時值冬季，這裡又是在地勢比較高的山中，冷風刺骨，兩人渾身打顫，身上的泥巴也因此不斷抖落。

「這麼冷的天氣，抹上這麼冰冷的泥巴，穿越這麼恐怖的地方……」阿山兩手環抱於胸前，打著哆嗦說：「我上輩子一定是殺人如麻的嗜血大刀王。」

「這是什麼推論？」

「不然這輩子為什麼那麼苦命？」阿山哭喪著臉說：「去抓個道士，被一堆冤魂包圍，現在又得這樣渾身赤裸裸，抹著噁心的泥，穿越這群惡鬼。隊長你說，這不是上輩子造孽是什麼？」

「我不是也跟你一起去嗎？」

「嗯，所以你一定是我的手下。」

「為什麼不是像現在一樣是你的上司？」

「因為我是大刀王啊，我上面沒有人了。」

方正連理都懶得理阿山了，只有他會在這種情況之下，還在說這些有的沒的。

看方正都不理自己，阿山過了一會幽幽地說：「……不然你就是我的押寨夫人。」

「你！」方正轉過頭怒視著阿山。

「哎呀，開玩笑的啦。這種環境不開一下玩笑，會很恐怖耶。」

「這種環境本來就不適合開玩笑！」

「好啦，好啦，走啦。」

「真受不了你。」

方正帶著阿山，逐步接近了木屋。

在靠近那些鬼魂之前，方正特別耳提面命，再三交代等等靠近之後，絕對不能發出聲音。

兩人準備就緒之後，慢慢靠近那群鬼魂。

果然就像方正說的那樣，那群鬼魂雖然有轉過來看向兩人的，可是卻彷彿沒看見似的，完全沒有反應。

眼見方正的蓋棺泥有了作用，兩人也大膽了一點，稍微改變一點路線，朝著另外一邊爬過去。

就在兩人越來越接近目的地的同時，有幾個在外圍的鬼魂好像注意到什麼，朝兩人這邊飄了過來。

方正與阿山見狀，趕緊檢查自己的身上，確定每個部位都有確實覆蓋到蓋棺泥。

這時方正突然想到了，當年與任凡在躲避鐵刀的時候，除了用蓋棺泥之外，還有一個法寶叫做迷魂燭。

依照任凡的說法是，蓋棺泥可以用來擋住鬼魂的視線，只要塗抹在身上，就可以成功將自己隱身，讓鬼看不見。

而迷魂燭的用處則是為了遮蔽人類身上的氣息與味道，讓鬼魂不能聞到活人的生氣。

必須要擁有這兩樣東西，加上絕對的安靜，才有可能讓鬼魂找不到自己。

眼看著這群鬼魂朝自己這邊過來，肯定是聞到了人氣。

「糟了！」方正輕聲說。

「隊長，現在這句話好像沒有用！」阿山輕聲叫道。

「我們身上有人氣。」

「啊？那怎麼辦？」

「這、這……」

只見兩個鬼魂越來越近，兩人顧不了那麼多，轉身想要逃跑。

結果這一跑，驚動了更多的鬼魂，而這些鬼魂也飛快地追近。

眼看就要碰到兩人了，兩人被鬼魂逼急了，同時閉了氣。

那群鬼魂就在兩人面前瞬間停了下來。

方正和阿山驚魂未定，過了一會，才知道原來它們所聞到的人氣，是兩人呼吸所吐出來的氣息。

方正用手語示意要阿山不要呼吸。

兩人就這樣憋著氣匍匐前進，從諸多鬼魂的腳邊爬了過去。

好不容易穿過了這些包圍著自己的鬼魂們，方正回頭看了一眼。

那群鬼魂彷彿還在尋找著剛剛聞到的人氣似的，持續在那邊圍成了圈不肯離開。

兩人憋氣爬了好一陣子，阿山回過頭來慘白著一張臉看著方正，示意著自己撐不下去了。

方正點了點頭，然後用手指比了三，用手倒數三、二、一。

一等到方正倒數完，兩人一起張大了嘴，狠狠地吸了一口氣。

果然這一吸，那群原本還流連在剛剛兩人殘留下人氣之處的鬼魂，全都猛然飄向這邊。

兩人見狀又趕忙閉氣，繼續爬離那群朝這邊靠近的鬼魂們。

就這樣兩人一路爬行，一直到了兩人都沒氣了，才一起換氣，與那群鬼魂展開了漫長的拉鋸戰。

還好兩人的肺活量，在長期擔任警察職務的鍛鍊之下，還不算小。

兩人這樣一閉一吸之下，與那群鬼魂慢慢拉開了距離，即便如此，在那群鬼魂之中，仍然有三、四個鬼魂，比其他鬼魂還要迅速，緊緊追著方正與阿山。

泥抹在身上，再加上這又曾經是蓋在棺木上的土和成的泥，讓阿山覺得自己渾身不對勁。

本來也還好，可是現在用爬的，兩人的胸口與附近長到膝蓋的雜草互相摩擦，讓阿山覺得胸口奇癢無比。

眼看雙方距離已經拉遠了一點，只剩下幾隻鬼魂還緊追不捨，方正示意要阿山站起來。

好不容易站了起來，阿山終於有手可以抓抓胸口止癢。

兩人在方正的指揮之下，換了一口氣。

眼看那幾個脫了隊，比較靠近方正兩人的鬼魂朝這裡過來，兩人又再度閉氣。

然而這次，那些鬼魂卻還是一步步朝自己逼近。

方正與阿山互看一眼，不知道為什麼會失效。

這時方正赫然看到，阿山胸口有一塊地方，已經沒有蓋棺泥了。

原來剛剛奇癢無比的阿山，好不容易抓到癢處，這一抓癢是舒服了，但是蓋棺泥也被抓掉了。

方正見狀趕緊伸手過去壓住那塊地方。

突然，方正腦海裡面閃過了過去的一個熟悉的景象。

方正心知不妙。

猛一抬頭，果然看到阿山張開了嘴準備說話，方正立刻用手刀劈向阿山的喉嚨。

這一下來得又急又快，阿山痛到飆淚，張大了嘴發不出聲音。

這時方正才想到，此時不比那時，那時有迷魂燭蓋住兩人的氣味，現在阿山張大了嘴換氣，雖然沒發出聲，但是鬼魂仍舊可以知道兩人的位置。

情急之下，方正將阿山一把摟過，將自己的胸口貼在阿山那塊沒有蓋棺泥的地方，然後用手遮住了阿山的口鼻。

想不到才剛做完，一個惡鬼的臉孔就出現在兩人的臉孔旁邊。

只差一秒，兩人可能就會被這隻惡鬼攻擊。

兩人張大了眼，看著這隻惡鬼的臉。

閉著氣的方正，知道這樣下去兩人遲早會沒氣，扭扭頭示意要阿山一起慢慢往旁邊移動。

兩人就這樣抱在一起，逐步從那個惡鬼身邊挪移開來。

6 是敵是友

夜晚的山區，原本應該是十分寧靜的，可是今晚，因為下坡處來了一群不速之客，讓做完晚課的女子，完全沒有睡意。

她走出屋外，遠遠看著那條通往木屋的小徑。

這樣的夜晚，對於靈感力極強的她來說，是個一點也不安寧的夜晚。

可是，也是這樣與鬼魂特別接近的夜晚裡，會讓她特別思念起一個人。

一個離開了她的世界，前往歐洲的男人。

他改變了女子的世界，更顛覆了女子的觀念。

女子跟著他還有其他夥伴，一起度過了一段非常快樂的時光。

那時候，他們總是投身在充滿鬼魂的環境之中，所以只要現在一接近這些鬼魂，她就會特別思念他們，尤其是他。

不知道，他現在在歐洲過得如何？

女子看著星空，手又不自覺地摸著胸前的勾玉。

這些日子，她有好多話想要跟他分享，可是去了歐洲的他，一去就音訊全無。

另外一方面，她又不希望在現在見到他。

因為當時跟他分別的時候，自己就立下志願，下次兩人見面的時候，她會徹底改變自己，讓他驚喜。

這也是少女會在這裡的原因，她想要鍛鍊自己。

她希望自己變強，不管是心靈還是能力，她都希望下次相見的時候，她不再是個躲在大家身後，等待著大家保護，而是可以跟大家一起並肩作戰的女子。

這時，一股感覺吸引了女子的注意。

她緩緩轉過頭去，果然在遙遠的山坡下，她看到了一個鬼魂。

女子倒抽了一口氣，不敢置信地看著那個鬼魂。

類似這樣的鬼魂，女子已經不知道看過多少次了。

但是這是第一次，人生有史以來第一次，她看到了從那個鬼魂身上，發出淡淡的紫色光芒。

女子想起了在幾年前，曾經在山洞中遇到的另外一個女子。

那個女子曾經告訴過她，只要靈力夠強，就能夠看得到鬼魂所散發出來的光。

而現在，女子第一次看到鬼魂身上發出來的光。

紫的，那是紫色的光。

雖然女子距離那個鬼魂很遠，但是她確定自己沒有看錯，自己真的看到那靈魂身上發出來的紫光。

正當女子為這件事情感到雀躍的時候，突然從樹叢中跳出來一個男子。

「終於到了。」男子喘著氣說。

女子嚇了一跳，向後一連退了好幾步。

這時，另外一個身材高大的男子也從草叢中走了出來。

兩人看到女子也都嚇了一跳。

女子睜大雙眼，一臉驚恐地看著兩人，因為兩人的模樣十分嚇人。

只見兩人全身光溜溜的，但是從頭到腳都塗滿了泥巴，以至於整個人看起來都灰灰的，有如從黑白影片中走出來的演員。

「你們是什麼人？」女子問。

「這句話應該是我們問的吧？妳才是什麼人？在這個地方做什麼？」個子比較矮的男人皺著眉頭說。

女子心想，這兩個人還真是莫名其妙。

怎麼有人闖到別人的廟裡面，反而問起別人是什麼人？

可是看到兩人脫光光的模樣，女子又不想跟兩人計較。

「這裡是一間寺廟，我是來這邊修行的，」女子將眼光飄向左上方，一臉尷尬萬分地說：「你們要不要先穿點東西？」

女子這麼一說，兩人才想起自己還光溜溜的沒穿半點衣服。

「哎呀，這下虧大了。」

兩人立刻退回去剛剛的樹叢之中。

這兩個人不是別人，正是冒險抹上蓋棺泥穿越鬼群的方正與阿山，而這間廟正是兩人的目標。

方正跟阿山趕緊在草叢之中，找尋看看有沒有什麼可以遮蔽用的東西。

為了減少這份尷尬，方正一邊找尋，一邊開口對女子說：「妳不用害怕，我們兩個都是警察。我叫白方正，他叫莊健山。妳呢？妳叫什麼名字？」

「我叫……洪若晴。」

第4章・真相大白

1　少女的真面目

方正跟阿山在草叢裡面找了半天，還是沒有找到任何可以遮蔽的東西。

就在這時，阿山慘叫一聲又從草叢裡面跳了出來。

「有蛇！」阿山指著草叢大叫：「我剛剛好像踩到蛇了！」

聽到阿山這麼說，連方正也驚慌地從草叢裡面跳出來。

想不到兩人又這樣光溜溜蹦出來，小晴驚呼了一聲，趕緊轉過頭去。

兩人驚魂未定地看著草叢，身後的阿山又突然叫了一聲。

只見一個老僧人，拿著掃把對著阿山的屁股就是一陣狂打。

「你們這兩個暴露狂！今天看我不打死你們，為民除害！」

老僧人一邊說，一邊拿起掃把又想要打下去。

「不是！別打！聽我解釋！」阿山抱著屁股狂跳。

「師父！不要！」小晴見狀也趕緊阻止老僧人。

老僧人聽到小晴說的話，稍微退了一步，將掃把指著方正兩人，厲聲問道：「說，你們這兩個變態，光著屁股跑來我廟裡幹嘛？」

「我們不是暴露狂，我們是有苦衷的。」方正解釋。

「是啊，有衣服穿，誰想要光著屁股到處跑啊。」阿山揉著屁股說。

「我們兩個都是警察，身上這些泥巴，不是一般的泥巴，是有特別的目的。」方正說：「我們來這間廟，一方面是來查案，另一方面是來求救的。」

聽到方正這麼說，僧人與小晴互看了一眼，然後又回過頭來看著方正兩人。

「這裡只有我跟這位女子若晴，沒有什麼可以給你們查的，至於求救……」僧人打量了兩人一眼之後，冷冷地說：「哼，你們有那個需要嗎，你們還懂得用蓋棺泥來遮鬼眼，我想你們一定有辦法收拾那些鬼魂的。小晴，我們進去吧。」

想不到對方竟然連兩人身上的是蓋棺泥，且是用來遮鬼眼的都知道，肯定不是一般的僧人。眼看對方就要進去了，方正趕緊說：「那個……可不可以先借我們衣服穿。我們真的因為查案的關係，得要問一下你們話。」

方正說得誠懇，老僧人看了小晴一眼，小晴也點了點頭。

「你們在這邊等一下。」

僧人進去屋內拿了幾件僧衣，讓兩人勉強有東西可以穿。

兩人穿好衣服後，立刻向僧人打聽下面木屋的事情。

「有，我的確有看過你們說的那兩個人。」住在這間破廟多年的僧人這麼說：「那間木屋所在的那塊地，好像是他們兩個其中一個人的祖產。雖然在多年以前，那間木屋也不時有些作奸犯科的人拿來當作躲藏的地點。不過最近這幾年，我就只有見過你們說的那兩個人。」

果然，爐婆還是很可靠的。

看樣子陳俊邦真的很可能就躲在下面的木屋，只是剛好不在吧？

問完了僧人之後，方正又問了小晴。

小晴說自己是因為人家介紹的關係，所以特別來這間廟宇修行，預計明天下山。

為了安全起見，方止又問了小晴一些問題，希望可以徹底釐清小晴跟整件事情沒有關聯。

小晴照實告訴方正，自己這段時間為了增加自己的靈力，所以到處修行。

聽到小晴提到有個在歐洲的好友，方正也立刻說自己也有個在歐洲的好友。

一問之下，才知道兩人前去歐洲的時間幾乎一致。

「妳那個在歐洲的朋友……」方正皺著眉頭說：「該不會是叫做謝任凡吧？」

小晴睜大了雙眼，笑著搖了搖頭。

「也對，我在想什麼？」方正苦笑說：「每年去歐洲的人那麼多，怎麼會認定我們等的是同一個人咧？」

話說出來的同時，方正才發現，原來自己不光只是想念的成分，甚至還期盼能夠跟任凡再度合作，一起並肩作戰，所以心態上一直都是在「等」著他回來。

問完了小晴之後，方正與阿山商量了一下，兩人都覺得雖然老僧人看起來似乎對作法這類的東西很熟悉，而小晴又跟大家一樣有陰陽眼，但是應該不是他們要找的對象。

兩人商量過之後，反過來將案情說給老僧人聽，希望能夠得到老僧人的協助。

老僧人原本很排斥牽扯、干涉這些事情，但是在小晴從旁拜託之下，老僧人才緩緩點頭答應。

小晴也將剛剛看到紫靈的事情告訴老僧人，方正很驚訝原來除了任凡之外，真的也有人看得到靈魂的顏色。

畢竟，雖然方正特別行動小組的人員，每個都有陰陽眼，但是也沒有人可以看到靈魂身上的顏色。

想不到在山間相遇的這個女子，跟任凡一樣都看得到靈魂的顏色，當真是人不可貌相。

「我曾經聽說過，紫靈是一些被人操縱的鬼魂。」老僧人說：「換句話說，你們的推測很可能是正確的，這些鬼魂真的是被作法招喚出來的。畢竟我在這邊住了那麼久，也沒見過這麼多鬼魂。」

「那麼你可以幫我們對付那個作法的人嗎？」方正問。

「不行，」老僧人搖搖頭說：「我不會作法，也不會抓鬼。」

「那你到底會什麼？」阿山毫不客氣地問。

方正搥了阿山一下，要他說話注意點。

老僧人也白了阿山一眼，緩緩地說：「我會畫驅鬼符。」

2 真相

有了老僧人給的驅鬼符後，方正跟阿山兩人，離開了寺廟，回到了山坡。

按照方正的計畫，準備靠著這幾張驅鬼符，與大家集合之後，一起下山。

兩人回到了山坡，換回自己的衣服，可是卻沒有見到佳萱等人。

那群鬼魂仍舊包圍著木屋，似乎不等到方正等人是不肯散去的。

阿山與方正兩人也稍微找了一下附近，都沒有見到佳萱等人的蹤影。

「怎麼辦？」阿山問。

「他們會跑到哪裡呢？」連方正也搞不清楚，他們幾個到底會跑到哪裡去。

難道說，在兩人離開之後，三人被鬼襲擊了嗎？

可是看了一下四周，沒有看到任何打鬥的痕跡，也沒有看到任何蛛絲馬跡。

按理說，大川也就算了，佳萱跟楓都是訓練有素的公務人員，不可能一聲不響地就離開。就算有發現什麼線索，也應該會留下至少一個人通知方正等人。

從這裡來推論的話，不管是為了什麼原因，都讓方正感到不安。

「我們還是分頭找好了。」方正告訴阿山：「越快找到他們越好，我怕時間拖越長，意外會越多。」

阿山點了點頭。

畢竟現在兩人身上有驅鬼符，已經可以比較不用擔心那些鬼魂。

兩人約定好時間回到這邊集合之後，方正朝東沿著木屋的方向找去，阿山朝西，同樣沿著木屋外圍找。

兩人分開之後，方正沿著東邊繞著木屋，一邊想著到底他們會跑到哪裡去。

這時方正想到了，如果照著阿山原本的推論走，那個作法的兇手，應該就藏身在附近。

該不會那個兇手，趁著阿山與自己兩人離開的時候，對三人發動襲擊吧？

一想到這裡，方正又感到不安。

可是現場卻沒有留下任何跡象。

大川跟佳萱也就算了，但是楓再怎麼說，也不太可能就這樣乖乖束手就擒。

雖然楓全身包得緊緊的，難免礙手礙腳，功夫施展不開來，但是也不至於一下子就被人制伏吧？

就算楓完全奈何不了兇手，只要她稍微露個臉，一般人哪裡還下得了手。

這時，遠處一個東西吸引了方正的注意力。

方正靠過去看，一眼就認出那個掉在地上的東西，正是佳萱上山時所穿的外套。

方正緊張地跑過去，再次確認這真的就是佳萱的外套，內心感到無比的不安。

從外套的位置看來，不管是誰將佳萱等人押走，目標應該就是朝向木屋吧？

難道兇手真的把他們逼進木屋了嗎？

方正看著手上的驅鬼符。

記得剛剛下山的時候，法師有說過，這個驅鬼符雖然很有效，但是只有在硃砂墨未乾的時候，才能有效發揮功用。

一旦墨全乾了，符也會漸漸失去效力，頂多只能再維持一個時辰。

雖然效果時間不長，但是絕對足夠讓方正等人逃下山，遠離這個地方。

可是兩人剛剛下山的時候，也是盡可能避開那些鬼魂。

現在，這張符早已乾了一大半，是不是真的可以保方正進入木屋，就連方正自己也都沒有把握。

看著地上的外套，方正猶豫了一下，還是撿起了外套，朝木屋方向走去。

3 綁架

想不到，一個深居簡出，長年居住在深山之中的老僧，也能有這樣的功力。

握著老僧給的符，方正慢慢地朝木屋移動。

鬼魂們見到方正紛紛靠了過來，但是真的跟老僧所說的一樣，驅鬼符讓那些鬼魂無法對方正出手，只能靠在他身邊。

方正不敢走太快，只能一步步慢慢走，而鬼魂很快就將方正包圍起來。

方正一步一步靠近木屋，鬼魂們只隔著一步不到的距離貼著方正，方正小心翼翼地拿著驅鬼符，不敢有一點大意。

直到現在方正才了解，原來勇氣這種東西是可以逼出來的。

以前的自己看到這一片「鬼山鬼海」，不嚇暈也軟腳了。

然而現在雖然害怕，但是身為隊長怎麼能丟下自己的下屬？怎麼樣也要逼自己拿出勇氣來向前進。

如果不是因為自己已經是堂堂的特別行動小組的大隊長，如果不是佳萱和楓可能遭遇危機，不用說搜索，自己現在早就已經逃之夭夭。

任凡在成為黃泉委託人之前，是不是也跟過去的自己一樣呢？

好不容易靠近了木屋，方正走到窗邊，朝著窗戶向裡面看，卻什麼人也沒看見。

就在方正覺得洩氣，正準備回頭走出去的時候，一道聲音從屋內傳來。

「現在把門打開。」是大川的聲音。

他們果然在裡面。

方正轉過頭看著木屋門的方向，並沒有看到任何人，可是他的的確確聽到屋內有大川的聲音。

方正繞到前門，然後進入屋內。

有一些聲音從裡面的房間傳來，方正走進屋內。

方正一踏進屋內，就發現情況有點不太一樣。

記得眾人在山坡上看著這間木屋的時候，那群鬼魂也遊蕩在木屋之中，但是現在，即使一路上都黏著方正的鬼魂，也不敢踏入屋內。

這是怎麼一回事？

方正覺得納悶，總覺得有什麼重要的線索，被自己忽略了。

方正回想起當時阿山的推論——

「兇手一定就躲在附近，可是卻沒有距離我們很近，所以才不知道我們已經躲到這片山坡上了。」

當時乍聽之下，覺得阿山的推論很有道理。

但是，就算真的是這樣的偏差，為什麼要選擇這樣的地方下手呢？

如果一切真的如阿山所說，他躲在我們附近的遠處觀望，那麼為什麼要選擇在這裡下手？像早上那樣，讓茗蒔在局裡面變成殭屍的時候，順便把鬼魂也一起招來，被困在局裡的我們，他不是比較好下手嗎？再怎麼說也比這種空曠的地方好解決多了。

想到這裡，方正覺得兇手的目標應該不是特別行動小組的成員，而是另有其人。

從這裡來推論的話，那麼方正唯一想得到的目標，就只剩下一個了。

換句話說，兇手與方正一行人的目的是一樣的。

「可惡！」木屋深處，傳來了大川的叫囂。

方正躡手躡腳地朝屋內走去。

在屋內的一個房間之中，大川一手勒住佳萱的頸子，一手拿著水果刀指揮著楓。

只見屋內原本有一張桌子，這時被推到了牆邊，而地板掀開之後，有一扇鐵製的門鎖。

楓正拿著石頭，拚命對著地上的門鎖敲敲打打。

起初方正等人前來搜索的時候，因為桌子與地板上的痕跡銜接得恰到好處，在光線昏暗的情況下，若不仔細看很難發現異狀。

方正後悔當初沒有搬動這木屋裡的東西查看，才會落得讓執著的大川率先發現這裡，讓佳萱跟楓身陷危機。

挾持著佳萱的大川就站在房間的另外一側，並且對著門口。

楓則是背對著門，努力在撬開那個鎖。

方正見狀，絲毫不敢大意。

不過總覺得有什麼地方不對勁，這底下真的會有什麼發現嗎？

就在方正心中還充滿問號的此時，大川彷彿非常在意窗外的動靜，不時靠著牆壁觀察著窗外。

這時大川好像看到什麼，專心地看著窗外。

原來走另外一邊的阿山，這時剛好經過了窗外可以看見的地方。

方正見到大川一直在觀察著窗外，認定機不可失，快步衝進來準備搶奪大川手上的刀。

豈料人算不如天算，這時「喀啦」一聲，一直在撬鎖的楓，在方正踏入房間的同時，撬開了那個鎖。

這一聲果然讓大川回過頭來看著房間，一眼看到方正，立刻拿著刀指著佳萱的脖子，大喝道：「不准動！」

4 前有藍靈後有狂父

方正錯失了良機，又怕佳萱有危險，只能定在門口不動。

「你們兩個別亂來，不然我就先殺了她。」大川面露兇相。

大川壓著佳萱，慢慢靠近那個地板上楓剛撬開的鐵門。

「把門打開。」大川指示楓。

楓將門打開，然後大川指揮方正跟楓都站到房間另外一面牆壁，等兩人都站好之後，大川壓著佳萱，緩緩移動到鐵門旁。

方正站到楓旁邊，楓輕聲告訴方正說：「你們一走之後，他就挾持了佳萱姐。他看得到鬼，這些鬼魂好像都是他作法招來的。」

「果然……」方正心想。

的確，正如剛剛在木屋門口方正的猜測。

一旦認定兇手與方正一行人的目的是一樣的，那麼嫌疑最大的人，就是跟著大家一路找到這裡來的大川。

如果兇嫌真的是他，那麼一切都合理了。

剛才眾人所在的山坡現場，沒有留下佳萱與楓掙扎的跡象，正是因為帶走她們的兇手，就是她們所認識的人。

另外，招來惡鬼包圍住木屋的原因，當然是因為他的目標不是方正等人，而是他認為躲在木屋裡的俊邦。

只是比較可疑的是大川怎麼看都不像是修道人士，怎麼會這些法術呢？

彷彿看穿了方正的疑惑，楓在旁邊輕輕地說：「他身上有不知道去哪裡求來的符，這些鬼魂都是他用符招來的。」

「那為什麼那些鬼魂都不會攻擊他？」

「因為他手上另外還有一張保命符。」

方正聽楓這麼說，仔細看著大川的手，果然看到那隻勒住佳萱的手上，緊緊握著一張符。

大川從上面看了看鐵門後面的通道，考慮了一會，然後要方正與楓下去。

「那個賊一定躲在這條通道裡面，你們兩個，下去把他抓上來。」

在大川的脅迫之下，兩人只好依其所言，走下地底通道。

地下通道昏暗不明，空氣也十分潮濕，還好兩人身上都有帶照明設備。

「想不到這間木屋竟然會有這樣的通道。」楓說。

方正想起了先前聽廟裡面的老僧人說的話。

「聽說這裡幾年前有些不法份子，跑路躲到這裡來，我想應該是他們挖的吧？」

通道並沒有太長，兩人走不到一分鐘，就看到了一扇門。

兩人互看一眼之後，輕輕地將門打開。

門後面是個非常簡陋的房間，只有一盞光線微弱的燈、一個馬桶、一張桌子與一張床，空間不過比一間牢房大一些。

桌子上面擺著吃過的泡麵和乾糧，而床上靜靜地躺著一個男人。

從這裡的環境看上去，男子約莫已經在這邊待上兩三天了。

但是兩人不敢輕舉妄動，因為除了床上的那個男人之外，另外還有一個女鬼就站在床邊。

原本只是靜靜地看著男人的女鬼，這時見到兩人進來，轉過頭來看著兩人。

那個女鬼的臉看起來，並不陌生，因為她就是今天稍早之前，在方正特別行動小組辦公室引起騷動的女屍體——郭茗蒔。

而躺在床上的那個男人，看起來就跟檔案裡面的照片差不多，也是方正與楓來這邊的目的。

他正是警方列為嫌疑人的茗蒔的老公——陳俊邦。

兩人看著茗蒔，不知道眼前這到底是什麼狀況。

「你們是要來抓俊邦的嗎？」茗蒔悠悠地說。

方正與楓互看一眼，兩人用眼神交換了一下意見之後，方正轉過來對茗蒔說：「是他殺了妳嗎？妳不要怕，如果真的是他殺的話，我們會幫妳討回公道的。」

茗蒔搖了搖頭，看著俊邦說：「不是他，就算是他殺的，我也不會怪他。」

聽到茗蒔這麼說，方正與楓大概了解了，茗蒔之所以在這邊，不是因為想要討回公道，而是眷戀著俊邦，不肯離開。

這麼一想，方正一開始看到這地道覺得不對勁的地方，也就跟著豁然開朗了。

地板下一道鐵門不但從內從外都上了鎖，上面還壓著一張好似刻意對準過的桌子，如果只有俊邦一個人是做不到的。

俊邦躲到地底之後，他要用什麼辦法來搬動那張桌子，好讓大家不發現這地道？

看到茗蒔一直在這邊守護著俊邦的樣子，方正心中也有了答案。

這一切都是茗蒔為了不讓自己的父親對俊邦下手，才會幫忙他藏匿的。

的確，如果方正與楓，也跟小晴與任凡一樣，擁有強大的靈力，應該也可以看見那股從茗蒔身上發出來的淡淡藍光，正是如同守護靈般的藍靈才會散發的光芒。

「那妳可以告訴我們，」方正深呼吸一口，語氣平穩地問道：「是誰殺了妳嗎？」

茗蒔沒有轉過頭來看兩人，只是淡淡地說：「就是把你們逼下來的那個男人，他就是殺我的人。」

「郭大川？」兩人不可置信地說：「他不是妳的父親嗎？」

「嗯，」茗蒔面無表情地說：「他花了多年的時間到泰國求法，只為了作法殺害俊邦，想不到卻誤殺了我。」

茗蒔的口氣平淡至極，彷彿整件事情不是發生在自己身上。

方正與楓兩人面面相覷，不知道該說什麼好。

「我不會讓你們把俊邦帶出去給他的。」茗蒔淡淡地說：「如果你們一定要這麼做，就不要怪我了。」

想不到茗蒔已經知道兩人下來的目的，並且先行拒絕了方正等人。

現在真的是前有怨靈、後有狂父。

方正與楓現在被夾在兩者之間，不知道該怎麼辦才好。

如果一定要硬拚的話，雖然方正手上有驅鬼符，但是任凡曾經說過，鬼也有分很多種，照先前的經驗的確不是每種道具都可以對付所有的鬼，而眼前的茗蒔顯然跟外面那些鬼魂不一樣，也還有自己的意識，因此不見得對她有效。

再說即使她真的不能對自己出手，也還是可以攻擊楓。

但是如果就這樣退出去的話，似乎不但可能害死俊邦，還可能讓大家在這裡玉石俱焚。

方正與楓站在原地不敢輕舉妄動，茗蒔似乎也不把兩人放在眼裡，只是靜靜地看著躺在床上的俊邦。

「那個……」經過一番考慮之後，方正對著茗蒔說：「我有一個提案，希望妳可以考慮一下。」

5 分庭抗衡

方正跟楓兩人下去了好一陣子，久久沒有上來，在樓上押著佳萱的大川，心神不寧地頻頻望著地道。

正打算押著佳萱下去的大川，突然聽到了下面有聲音。

果然過沒多久，就看到方正與楓兩人，一前一後地將俊邦抬了出來。

一看到俊邦，大川趕緊指揮兩人將他放到地板上。

為了擔心方正與楓趁亂襲擊，大川又押著佳萱退到牆邊。

兩人將俊邦放下之後，看著大川。

大川看著昏迷不醒的俊邦，胸中怒火翻騰。

他想起了當年茗蒔帶他來見自己的景象。

當年的俊邦，如何拍著胸脯向大川保證，會帶給茗蒔幸福。

即便如此，大川還是不放心將女兒交給這樣的人。

尤其兩人才交往一個月，又還在學校，所以不答應兩人想要立刻成婚的請求。

想不到，這個小賊，竟然一不做，二不休，就這樣拐跑了自己的女兒。

為了找回女兒，大川花了不知道多少金錢，動用了多少關係。

好不容易找到了女兒，卻看到女兒跟著他四處流浪，生活潦倒。

大川怒火中燒，決定好好懲罰這個負心漢。

寵愛多年的女兒，竟然會隨便這樣跟一個男人相戀不到一個月，就與人私奔，讓大川大受打擊。

心靈受創的他，為了平衡自己的心理，所以深信自己的女兒一定是被人作法迷惑，才會做出這種荒唐事。

在失去女兒的這段日子中，大川一邊派人找女兒，一邊學習這些旁門左道。希望可以鬥法，搶回自己的女兒。

當發現了兩人的蹤跡後，大川決定作法殺害俊邦。

可是這些日子學習旁門左道的大川，實際上只學了一些皮毛，於是在他人推薦之下，他前往泰國，尋求法力高超的法師、降頭師，來幫助自己。

果然在重賞之下，大川找到了一個法力高強的法師，法師給了他幾張符，並且教會他下咒與招鬼的方法。

為了要能控制招來的鬼魂，法師還一併幫大川開了陰陽眼。

於是大川回台，找到了兩人之後，毫不考慮就照法師所給的方法下咒。

但是對法術不熟悉的大川，施法時沒有想到要保護女兒，雖然目標是俊邦，但茗蒔剛好就在他身邊，結果活屍咒就這樣意外下錯人，反而害死了女兒。

不但讓女兒橫屍街頭，還讓她死後也不得安寧，在方正特別行動小組的辦公室裡，變成殭屍引起騷動。

這一切，追根究柢都是眼前這個昏迷不醒的男人害的。

大川恨恨地看著俊邦，但是現在的情況讓大川有點為難。

「人幫你抬出來了，現在呢？」方正問大川。

大川看了看方正，又看了看俊邦，一時之間拿不定主意。

「這樣吧？」方正看大川沒有拿出辦法，建議說道：「我們不想介入你們之間的紛爭，所以我想跟你一人換一人。」

大川看著方正，不發一語。

「只要你把佳萱交給我，我就把他留給你，我們退出這裡，至於你們之間要如何解決，你再自己想辦法。」

「在我答應你任何事情之前，我先問你，你為什麼可以穿越那群鬼魂，跑進這邊？」

「因為這個。」方正將手上的驅鬼符舉在前面說道：「這個是以前我求來的平安符，聽說可以驅鬼保平安，想不到一用之下，真的如此。」

方正隱瞞了這符是山上法師給他的真相，畢竟他不想節外生枝，害到廟裡的老僧和小晴。

「我如果跟你交換，你要怎麼保證你們不會反悔，誰知道你們會不會突然回過頭來攻擊我？」

「我可以把這個給你。」方正說完，從胸口掏出一樣東西。

大川見到，臉色驟變，更加縮身在佳萱身後。

原來方正掏出來的正是一把手槍。

這對方正來說是場豪賭，因為他手上的這把槍，正是拍戲用的那把道具槍。

之所以是一場豪賭，就是因為這把槍他在山坡上開過一次，而在那之後，說不定大川已經知道這把槍的真偽。

可是見到大川緊張的模樣，可以料想他不知道這把槍是假槍。

「你把那個東西交給我，可以嗎？」大川小心地躲在佳萱身後說：「誰知道裡面有沒有子彈！」

方正聞言，走到了窗邊，朝窗外開了一槍。

震耳欲聾的槍聲，立刻讓屋內的所有人感到耳膜有點刺痛。

大川見槍真的有了彈，考慮了一會之後，對著方正說：「你先把符撕掉。」

「啊？」方正皺著眉頭說：「撕掉符我們要怎麼出去？」

「撕掉符，留下槍，我會送你們出去。」

方正猶豫了一會，將手上的驅鬼符給撕了，撕完符後，方正將槍放在地板，用腳踢過去給大川。

大川推開佳萱，然後立刻撿起槍，將槍對準了三人。

「妳沒事吧？」方正問佳萱。

佳萱臉色慘白，輕輕地搖了搖頭。

「走！」

大川用槍比了比門口，命令方正等人移動。

方正等人依言朝門口走，大川有槍在手，將刀收起來，用槍指著三人，押著三人出門口。

眾人走出房間，方正與楓互看了一眼。

大川跟著走出來的時候，兩人突然轉身，朝著大川撲了過去。

大川見狀，立刻開槍。

槍聲大作，但是槍口明明對準了方正，卻沒有打中方正。

正想再開槍，方正已經欺到了他的身前，大川來不及開第二槍，只好向後一退想退回屋內。

方正速度很快，一拳打中了大川，大川背後撞上了牆，這時楓也緊跟著衝上前來。

大川牙一咬，整個人撞向楓。

楓終究是女孩子，被大川這一撞，倒在地上。

方正迎上去，想要將大川制伏，想不到楓卻朝他這邊倒下來。

方正順手將楓抱住，大川趁著這個時機，朝大門奔去。

眼看大川就要逃出去了，誰知道大門突然閃出一個人，正是剛剛聽到了槍聲，冒險闖進來想一探究竟的阿山。

大川與阿山都沒有注意到對方，就這樣狠狠地撞在一起。

兩人這一撞，彼此都倒在地上，就連手上的符，也因為這樣掉在地上。

渾然不知道發生什麼事情的阿山，此刻還一頭霧水，緩緩從地上爬起來。

可是另外一邊的大川，卻敏捷地爬起來，看到阿山掉落在自己腳邊的符，知道這是跟方正一樣的符，所以二話不說，一拿起來就把符撕了。

阿山碎碎唸地抱怨著，才剛爬起來，看到腳下有張符，就順手把它也撿起來。

大川見到自己的保命符被阿山撿走，激動地整個人撲上去，想把它從阿山手中奪回來。

還搞不清楚到底發生什麼事情的阿山，就這樣整個人又被大川撲倒在地。

方正在後面看到這一幕，立刻大喊：「阿山！你手上的符絕對不能被他搶走！」

被偷襲的阿山，雖然整個人被壓在地上，但是剛剛撿起來的符，仍然緊緊握著。

大川一手抓住阿山的手，一手用力扳著阿山握住的手指，想要搶回他手上的符。

雖然方正這麼說，可是無奈阿山已經被大川先發制人，身體動彈不得，只能用剩下沒有被大川抓住的左手推著他的下巴，想把他從自己身上推開。

這時大川見到方正也朝這邊過來，而阿山卻死不肯放手，情急之下，張大了嘴朝阿山推著自己的手咬去。

阿山左手一縮，大川立刻又朝握著符的手就要咬來。

這隻右手可縮不得，眼見自己的手快要被咬了，身體被壓著不能翻轉，自己左手也拿不到伸長的右手上的符。

就算換了手，同樣的動作還是得再重複一直做，這符肯定保不住了。

阿山心一橫，腦海閃過一招，頭一側，用盡力氣脫離大川扳動的手指，把右手朝自己臉這一邊揮。

嘴一張、手一放，符就這樣吃進自己嘴裡。

這下來得又急又快，大川想攔也攔不住，轉過來想要扳開阿山的嘴，阿山心又一橫，就這樣咕嚕一聲，把符整個吞進肚子裡面。

「啊！」

此舉不但方正看得驚訝，就連佳萱與楓也驚叫出來。

大川見到符被吞了，也是嚇了一大跳。

只見所有可以驅鬼的符咒全部都消失了，所有原本在屋外的鬼魂，紛紛靠了過來。

想不到情勢竟然變成這樣，大夥這下也忘記了彼此的恩怨，全部擠在一起。

「你怎麼吞了那張符咧！」方正埋怨阿山：「被他搶走也沒那麼糟，怎麼樣都好過你吞下去吧！」

「哇咧，隊長，你這不是陰我嗎？是你叫我不能讓他搶走符的！」

「我怎麼知道你會用這麼蠢的方法。」

眼看鬼魂們一個個闖進屋內，擠成像沙丁魚一樣的眾人，這時也已經無計可施，只能重新擠回俊邦的房間。

「怎麼辦？」

「這下死定了。」

大夥無計可施，眼看著大家就要一起死在這裡了。

突然，一個聲音從身後傳來。

「通通給我滾出去！」

眾人回頭，只見茗蒔就站在那裡，頭髮飄散在空中，一臉兇狠的模樣。

6 男子醒來

茗蒔這個模樣，與剛剛方正在下面看到的渾然不同。

身為藍靈的茗蒔，當羈絆、牽掛的對象有危險的時候，往往都會發揮出最大的力量。

這種藍靈，在民俗間都被稱為守護靈。

因為它們守護的對象，往往都是自己摯愛的親人。

在茗蒔的發狠之下，那群只是被操控的惡鬼們，根本不是對手。

只見兩三個執意闖進來的惡鬼，被茗蒔兩三下就打出去之後，其餘的惡鬼開始緩緩退出屋外。

畢竟再怎麼說，這群惡鬼只是被符咒控制，所以才會依照符咒來行動。

遇到茗蒔這樣發狠的鬼，它們也不是對手。

這也就是這段時間裡面，俊邦始終可以活下來的原因。

原來茗蒔一直在保護著他。

「小蒔，」看到茗蒔，佳萱激動不已說道：「原來妳一直守護著他。」

茗蒔轉過頭來，這時的她已經恢復成平常的模樣。

茗蒔對佳萱微微的一笑說道：「謝謝妳，學姐，妳守住了妳的諾言。」

佳萱搖搖頭，淚水也流了下來。

想不到歷經了這些騷動，躺在地板上的俊邦，卻一直昏迷著，讓方正十分擔心。

「他沒事吧？怎麼一直沒有醒來呢？」

茗蒔看著俊邦溫柔地說：「他這些日子一直沒有睡好，所以是我讓他沉睡的，希望在我死後，他可以好好補足他這些年沒有睡好的覺。」

「那……妳可以叫醒他嗎？」方正問。

茗蒔猶豫了一會，緩緩地點了點頭。

只見茗蒔將臉靠近俊邦的臉龐，噘起嘴來彷彿吹氣般，對著俊邦一吹。

過沒多久，一直躺在地上的俊邦，皺了皺眉頭，緩緩張開雙眼。

第5章．恩怨情仇

1 男人的話

陳俊邦緩緩醒過來之後，恍了一下神，然後打量著眾人。

俊邦最後眼光停留在佳萱身上，皺著眉頭一臉不解地說：「溫……佳萱？佳萱？是妳嗎？」

佳萱板著一張臉，瞪視著俊邦，緩緩地點了點頭。

「你到底……到底對茗蒔做了什麼？」

雖然已經知道殺害茗蒔的兇手是大川，但是茗蒔瘦弱的身體與滿身的舊傷，肯定不是大川造成的。

一聽到茗蒔，俊邦的臉色立刻垮了下來。

看著眼前的俊邦，佳萱不禁感覺到悲哀。

想不到短短幾年之間，連俊邦也整個人都變了樣。

以前總是很在意自己外型的他，在許多學妹的眼中，都是個非常受歡迎的學長。

現在眼前的俊邦，只是一頭亂髮，滿嘴鬍碴，就連雙眼都看起來很無神。

如果不是舊識，就算說他是個流浪漢，應該也沒有人會有異議。

「你還記不記得當年，你來拜託我在你們婚宴上當媒人的時候，是怎麼跟我說的？」佳萱語帶哽咽，以斥責的目光看著俊邦。

俊邦痛苦地低著頭。

「你跟我說，不管未來有多少困難，你都不會讓小蒔受到半點委屈。」佳萱抿著嘴，握著拳說：「有沒有！」

看到俊邦痛苦的模樣，茗蒔對佳萱緩緩搖了搖頭。

看不到鬼的俊邦，根本不知道茗蒔就連死了都還在幫他辯白。

「你們之間，」佳萱看到茗蒔為俊邦出面，語氣也軟了下來：「到底發生什麼事情了？」

俊邦痛苦地搖了搖頭。

「你們以前不是很恩愛嗎？不是因為彼此非常相愛，所以才不顧大家的反對，硬是要結婚嗎？」

俊邦痛苦地指著站在一旁冷眼旁觀的大川說：「我們會走到這樣，還不是因為他！」

大川見狀，只是冷冷地哼了一聲。

要不是現在自己已經失利，再加上身邊還有兩個警察和女兒的靈魂，他早就衝上去把這賊打個半死。

「你們之間的事情，怎麼可以扯到別人身上呢？我現在問你的，是茗蒔身上那些舊傷，你敢說那些不是你造成的嗎？」

俊邦痛苦地看著佳萱，沉吟了一會之後，嘆了口氣說：「你們永遠不會了解我的痛苦。」

「你不說，我們又要從何開始了解？」佳萱冷冷地說。

「我跟小蒔，在交往了一個月之後，就知道彼此的人生不能沒有對方。所以我們才會不顧大家的反對，急著想要結婚，就是因為我們太過於深愛對方了。」

雖然在場的所有人都不認為有必要那麼急著結婚，但是為了不打斷俊邦，大家默不吭聲。

「結婚後，我決定跟小蒔搬到一個沒有人認識我們的地方，開始我們嶄新的人生。一開始，我們很順利，在南部找到了工作，租了房子，兩人過著幸福的日子。但是……」

俊邦的表情開始扭曲，痛苦萬分地說：「事情差不多在我們婚後兩個月開始。我開始……開始做夢。」

「啊？」阿山張大了嘴：「做夢？」

「嗯，每晚只要我一入睡，就會做夢。」豆大的汗珠從俊邦的額上落了下來，他激動地說：「而且每天夢到的內容都一模一樣，都是非常不堪，非常痛苦的夢。」

「你說清楚一點，到底是什麼樣的夢？」

「我每天晚上都會夢到……」俊邦吞了口口水之後，瞪著大川說：「他對小蒔亂來的景象。」

聽到俊邦這麼說，大夥都皺起了眉頭。

每晚都會夢到自己的老婆與她的親生父親亂倫，這是什麼奇怪的夢？

大夥不知道該表達什麼意見，所以沉默不語。

「我也不知道為什麼！」俊邦痛苦地說：「可是，這真的很痛苦！我因為這樣失眠了好幾個月，因為只要一入睡，就會夢到這樣的夢。她呢？卻什麼也不做，一點也沒有辦法分擔我的痛苦。於是我越來越討厭她……」

「你對小蒔變心，就只因為夢？」佳萓不可置信地問。

俊邦用力地點了點頭。

「老兄，我說你真的也太瞎了。這種東西是怎樣，沒拐過女人嗎？夢這種東西也拿來做藉口，太牽強啦！」阿山揮著手說。

「你們沒做過夢嗎？你們又怎麼知道那種痛苦，每晚只要一入睡，就要看著自己深愛的女人，」俊邦用手指著大川說：「跟那個男人交媾的畫面！你們不會痛苦嗎？」

「這……」被俊邦這麼質問，阿山為難地不知道該怎麼回答。

「就是你對你女兒那種過度保護的愛！」俊邦惡狠狠地瞪著大川，恨恨地說：「才會害我做這樣的夢！」

「哼，你夠了沒？就憑這點，你就想為自己的行為辯解嗎？」

「就憑這點？為了小蒔，我付出了多少你有看到嗎？」俊邦冷笑，好似在嘲諷自己曾經有多愚蠢：「為了她，我放棄了當醫生的夢想；為了她，我得四處搬遷，免得被你這老狐狸找到；為了她，我兼了好幾個差，把自己累得跟狗一樣，換來的卻是每晚令人作嘔的噩夢。我什麼都犧牲了，為的就是讓小蒔過好日子，她什麼也不必做，只要舒舒服服地待在家裡就好了。哼，結果呢？她還真的什麼都沒做，就我一個人痛苦！」

「哈，笑話！什麼犧牲，這些都是你自己承諾過的，實現它本來就是應該的。」大川斜著眼，不屑地對俊邦說：「身為男人，本來就該負責扛起一個家！」

「住口！」俊邦咬牙切齒地說：「我恨你！我也恨小蒔！我痛恨自己的人生跟你們一家人扯上關係！現在小蒔死了，我還落得輕鬆！」

聽到俊邦這麼說，原本一直在旁邊沒有發表意見的楓，這時再也忍不住了。

她衝到俊邦面前，狠狠地一巴掌就打在俊邦的臉頰上。

「你知不知道，她、她連死後變成了鬼，都一心只為了守護你，你竟然說出這樣的話，還口口聲聲說她什麼都沒做！」

俊邦被楓這一打一連退了好幾步才站穩，楓衝過去，想要再狠狠給他幾巴掌，方正等人趕緊將她拉住，而茗蒔也很快站到俊邦的前面。

這時的茗蒔怒目瞪著楓，頭髮也跟著飄揚了起來，就跟剛剛怒斥那些惡鬼的時候一樣。

方正想到了曾經聽任凡說過，藍靈代表的是羈絆。
而它們存在的原因，就是為了保護這些人事物。
一旦有人想要攻擊，藍靈就會反擊。
知道茗蒔很可能是藍靈之後，方正更加用力地阻止楓。
「不甘心，真的好不甘心。看到她為了他這樣努力，他竟然還說出這樣的話。」楓語氣哽咽。
「算了，他又看不到鬼。」阿山說。
阿山這麼一講，讓方正心一凜，考慮了一會，方正點了點頭說：「我有辦法讓他看到。」
方正轉過去對著茗蒔說：「我要給他一點東西，希望妳不要阻止。只要妳相信我，我會讓他看見妳。」
茗蒔看著方正，考慮了一會，緩緩地點了點頭。
完全不知道方正這些人到底在說什麼的俊邦，搓揉著自己還又燙又熱的臉頰，仍是一臉氣憤難平的模樣。
「你們抓住他。」方正小聲對楓與阿山說。
兩人點了點頭後，一起上前抓住了俊邦。
「你們要幹什麼？」俊邦驚呼。
方正從口袋中拿出了那瓶任凡送給他的靈晶。

這個是任凡臨走前送給他的禮物，只要在眼睛或耳朵裡面點上一滴，就可以瞬間與黃泉界接上軌，看得見也聽得到黃泉界的一切。

就是這個東西，讓原本沒有陰陽眼的方正，可以擁有陰陽眼。

為了避免在需要的時候靈晶突然失效，方正一直謹慎地隨身攜帶著它。

方正拿著瓶子，要兩人將俊邦的眼睛撐開，方正對準了俊邦的眼睛，將靈晶滴入他的眼睛中，接著又在他的右耳也同樣滴入了靈晶。

等到都點完之後，方正就示意兩人可以放開他了。

俊邦一掙脫之後，立刻用手揉著自己的眼睛，並且大聲叫道：「你滴什麼東西在我眼睛！天啊！好刺！我的眼睛好痛！」

「好啦，」方正不耐煩地說：「真受不了你，一點點小刺激就哭天喊地，這麼寶貴的東西要浪費在你身上，我那麼心疼都沒叫了。」

俊邦揉著眼睛，過了一會才慢慢恢復。

他重新張開雙眼，慢慢掃視而過，立刻發現那個剛剛不在房間裡面，現在卻站在他旁邊的女人。

一見到茗蒔，俊邦雙腳一軟，整個人坐倒在地上，語無倫次地叫道：「小蒔！小蒔！救命啊！不要！不要殺我！」

俊邦一邊說，一邊朝反方向爬。

「殺你？如果不是她，你早就已經不知道死了多少次了！」

「怎麼可能，我已經這樣對她，她怎麼可能……」一看到茗蒔靠過來，俊邦又開始求饒，叫道：「對不起、對不起、對不起！」

茗蒔見狀，也不再靠過去，只是遠遠地、哀慟地看著俊邦。

「給他一點時間，他可能還不習慣看到鬼。」佳萱安慰著茗蒔。

俊邦看著茗蒔不再靠過來，靠在遠遠的牆邊，不停打量著茗蒔。

這時，外面包圍的眾鬼，不安地騷動了起來。

就連茗蒔也皺著眉頭，一臉不安的模樣。

「叩、叩、叩。」木棍敲擊著地板的聲音，傳到眾人耳裡。

就在大家四處張望找尋著聲音來源的時候，一道聲音從方正身後傳來。

「時辰已經到了。」

方正回頭一看，一個熟悉的身影出現在身後。

「借婆！」方正與佳萱異口同聲叫道。

「借婆，為什麼妳會在這裡？」方正問。

「你都知道要叫我借婆，我來這裡還用問嗎？當然是來討債的。」

「討債？」方正向後退了一步，怯懦地問：「討誰的債？」

方正上次見過借婆討債，那可怕的景象至今仍歷歷在目。

借婆用手中的八卦杖，緩緩指向茗蒔。

「她欠妳什麼？」佳萱轉過來問茗蒔：「小蒔，妳有跟借婆借過東西嗎？」

茗蒔搖了搖頭。

「放心，我不會讓妳忘記的。我不會讓人莫名其妙的就被討債。」

借婆說完，用八卦杖指著茗蒔，然後重重地將八卦杖朝地上一敲。

地上發出轟隆的一聲巨響，茗蒔彷彿被電流電到般，豎直著身子，顫抖了一會之後便低下頭去。

「小蒔妳沒事吧？」佳萱緊張地靠過去。

茗蒔抬起頭來，搖了搖頭。

「妳想起來了嗎？」佳萱問。

「嗯。」茗蒔臉上蒙上一抹憂鬱，淡淡地答道。

「是的，妳跟我借了與他之間的姻緣。」借婆用八卦杖指了指畏縮在牆邊的俊邦說：「為期三個月，現在是妳該償還的時候了。」

茗蒔痛苦地點了點頭。

「要怎麼償還？」佳萱問借婆。

「……百年孤寂。」借婆面無表情地說：「她轉世之後的人生，都會孤寂終老，永無伴侶，直到期滿百年為止。」

「什麼！」眾人難以置信地看著茗蒔。

「這是她一開始就知道的條件。」借婆冷冷地說。

2 故事

「真的有必要嗎？」

「這麼做也是為了我們的將來，這次是絕佳的機會，不去肯定會後悔。」

「但是你這一去可不是兩三天，說不定要花上兩三年啊。」

「我已經下定決心了，非去不可。」

挽著一頭秀麗長髮的女子，淚眼汪汪地拉著眼前男子的衣角。

男子低下頭來，輕撫著女子，眼神卻是無比堅定。

看來男子早已鐵了心，女子怎麼也無法勸退他。

「我們現在過的日子也不差，吃的、穿的什麼都有了，不缺那一點錢的呀。」女子不死心，企圖說服男子。

「這些都是父親留給我們的，我想靠自己的實力去打拚，掙回真正屬於我們自己的。」對於女子的苦苦哀求，男子也於心不忍地說：「放心，我很快就會回來，帶著功成名就一起回來。」

「我不要你冒這個險，我也不在乎我們的家境聲名如何，我只想和你在一起，只要我倆在一起，沒有什麼事不能克服的！」

「嬋，謝謝妳，但是，」男子突然緊握拳頭，怒言：「我不希望妳因為我一再被恥笑，說什麼嫁給一個什麼都不會，空有一點家產的男人。街坊鄰居們總是竊竊私語，認為妳嫁錯了人，把妳當成了笑柄。這些日子以來，妳的委屈我都知道，讓我替妳抱不平，也為自己爭口氣，好嗎？」

女子默默不語，無法反駁，因為男子所言的確是事實，雖然自己無所謂，但丈夫被看輕，她無法不在乎。

「看著自己的夫婿風光歸來，難道妳不高興嗎？」

男子的表情轉為溫和，語調卻仍有些嚴厲。

「可是，聽說通往西域的道路充滿了危險，況且我們對西邊的情況實在不熟悉，就這樣過去……」女子聲音顫抖，嚥了口口水，不減愁容繼續說道：「再加上路途遙遠，你要是有個萬一，我也……」

「我知道，所以我也不是單槍匹馬、隨隨便便就要去。」男子一臉神采飛揚地說道：「這次是市集的林老號召的，他集結了一夥人，大夥兒一起過去闖闖看。聽林老說，我們的貨在那邊很稀有、很有賺頭，要是打通了銷路，我們就能打響名號，這輩子再也用不著看別人對我們使臉色，所以我們必須放手一搏。」

「就是林老我才更擔心啊，照他說的做，我們哪一次真的得利了？」女子噘起嘴來：「感覺他只是在利用你……」

「別胡說！這次不一樣，我也是考慮了許久，是我自己判斷過後才做出的決定，不許說得如此草率。林老很可能是我們的恩人，妳出去可別亂說話。」

眼見男子勃然大怒，女子自知失言，像隻被嚇壞的小狗般低下頭來，輕輕地點了幾下頭。

男子發覺自己怒氣攻心，嘆了口氣平靜下來後，溫柔地將女子摟到身邊。

「妳不願意看到我成功？不希望我頂天立地嗎？」男子瞇起眼睛，淡淡一笑：「我想，我最親愛、最賢慧的娘子應該不會這樣吧？」

女子趕緊搖了搖頭，神情中充滿不捨。

男人輕柔地抱起了女子，在她的眉間深情一吻，才終於化開女子深鎖的眉頭。

這一晚，彼此間的心靈糾纏、肌膚相疊，讓兩人度過了難忘的一夜。

然而，此刻的雲雨之歡，卻讓女子更加繾綣難捨。

過了今晚，不知道要多久之後才能再見到自己的丈夫，想到這裡，女子的淚水不由得潸然落下。

男人注意到女子的傷心，用手輕輕為她拭去淚珠。

「婥，我向妳保證，我呂甫，絕對不會就這樣一去不回，別再擔心我了。」

「要我怎麼能不擔心呢？不然，帶我一起去吧？」

男子溫柔地將枕邊的淚人兒摟入懷中，說道：「我一個人去冒險就夠了，我不希望妳有任何危險，再說，咱們的店還是得繼續運作下去，不是嗎？」

女子心裡明白，自己是去不了的，但親耳聽見丈夫回絕，還是忍不住低聲啜泣。

「明兒一早我就出發了，早點休息吧。」

男子安撫著妻子的情緒，直到她哭累入睡。

3

「不——！」

女子突然驚醒，又是同樣的夢。

四年了，自從丈夫離家的那一天起，至今已經四年，音訊全無。

漫漫長夜，女子飽受孤寂和夢魘的摧殘，每晚都因為思念丈夫而輾轉難眠。

她的思念，她的愛慕，她的悔恨，她的孤獨，這些情緒，夜以繼日不斷反覆侵襲而來。

過去和丈夫相處的每一刻，不斷在她腦海中湧現，就連一些口角爭執，此時也成了最甜蜜的回憶。

好不容易睡著了，又會夢見自己的丈夫不告而別，最後客死他鄉。

四年前的那一天清晨，女子朦朧睜開雙眼，不見枕邊該有的熟悉身影，驚覺有異，倏地起身。

她知道丈夫今天就要離開，面對這麼重要的事情，她問自己為何能夠沉沉入睡，她恨自己怎麼不能多留他幾天。

下床後，女子隨便披了件衣服，四處找尋丈夫的蹤影，但卻遍尋不著。

她發現了在廳堂的桌上，留了封信，是自己的丈夫呂甫所寫的。

上面字字句句都流露著丈夫有多麼深愛自己，這次的離別有多麼的不捨，並且請求原諒他的不告而別。

因為他不忍再看到妻子傷心的樣子，更不希望自己的決心因此受到動搖，才會毅然決然在妻子尚未清醒，天剛泛起一道白色曙光時默默離去。

四年間，每當午夜夢迴，王嬋總是不禁悵然涕下。

同樣的情景一再上演，讓王嬋的身心受盡折磨，原本纖細的身形，如今顯得更加消瘦。

4

呂甫唯一留給王嬋的就是這家老父親去世後傳承給他的店。

為了實踐對丈夫臨行前的承諾，王嬋說什麼也要守住這家店。

雖然身為老闆娘，然而王嬋過去根本沒有什麼經營管理的實務經驗。

女人還是以家事為主，王嬋通常只負責燒飯做菜，偶爾幫忙招呼一下客人，如此而已。

對於進貨、出貨、盤點等事務，她真的一竅不通。

王嬋剛接管自家店的一兩年，由於不熟悉，再加上正逢經濟蕭條時期，賠了不少錢。

為了復興店家，王嬋一有時間便研究規劃如何經營才能把虧損賺回來。

終於，王嬋漸漸抓到要領，店裡回了些本，勉強撐住了好一陣子。

之後，王嬋更認為現在的做法不夠妥善，想要改變一些進貨和買賣方式。

不料長工們不願意配合，他們認為自己在這個家待了這麼久，過去從來沒有這麼做過，再加上王嬋不過是個代理老闆，怎能說變就變。

店裡有些長工是從呂甫的父親開店以來就一直做到現在的，隨意變更經商方法會讓他們無法習慣，況且上了年紀的人，如果沒有什麼重大危機，還是喜歡沿襲舊法，不會輕易改變，可謂固執己見。

而一些年輕的長工，則難以認同一個女人家能多了解市場，要談變革，等老闆回來再說。直到半年前，隨著日益變遷，附近店家不斷興起，王嬋的生意直落千丈。當時不願改變的長工們，也隨之一個接著一個的離開。他們不但不留下來共同承擔責任，還怪罪王嬋太過守舊，才會導致經營不善。然而王嬋沒有時間感到悲憤，她一心只想守住這家店，這家充滿與呂甫兩人回憶的店。過去的長工們全都離職了，只靠王嬋一個人根本無法重振店頭。不得已，雖然財務吃緊，還是得招募新員工。就在這個時候，那個改變王嬋命運的男人，來到了店門口。

5

王嬋和新聘來的長工非常努力經營這家店，尤其是一名叫做陸進的長工，好似把這裡當成了自己的店一樣賣命。

打從一開始，陸進看見王嬋獨自一個人，無依無靠的支撐著一家店，他就下定決心幫忙到底。剛開始的幾個月，陸進甚至告訴王嬋，他現在不要錢，讓王嬋試用一段期間後，如果王嬋滿意了再支付一點薪水給他就好。

而薪水陸進也不要多，他說自己隻身一個人，沒有家庭要養，只要能餬口飯吃就行了。在這樣的時間點，陸進的加入，如此大力相助又不求回報，讓王嬋感動不已。

當王嬋問起陸進，為何要這麼幫助自己，陸進只說不忍看見王嬋孤家寡人的如此辛苦，而且自己也知道王嬋在財務上有危機，因此不希望再增加王嬋的困擾。

日復一日，年過一年，陸進來到王嬋店裡也已經三年。

因為有了陸進，原本搖搖欲墜的小店，搖身一變，現在成了整個市集規模最大，經營最為成功的大店面。

這些日子以來，陸進一人當兩人用，他不辭辛勞，凡事斤斤計較，要求品質，要求服務，要求信用。

他也從不讓王嬋擔心，不論發生什麼問題，陸進總會處理得完善，不管出了什麼意外，他也都能做出最妥當的抉擇。

王嬋不明白，為什麼陸進要做到這種田地，曾幾何時，自己的目光也被這努力不懈的背影給吸引了。

「唉呀，夫人親自接待啊。」客人笑得合不攏嘴，不忘指著一旁忙碌的陸進：「您有個好丈夫呢，把這家店管理得這麼好，真令人稱羨啊。」

王嬋順著客人手指的方向看去，一見陸進汗流浹背的樣子，不自覺地漲紅了臉。

像這樣誤會王嬋與陸進是一對夫妻的客人不在少數，就連知情的本地人，也紛紛勸王嬋忘了呂甫，與陸進結為連理。

是啊，呂甫這一去，至今也已經過了七年，再怎麼說也該寫封信回來。

然而，王嬋卻連個口信也沒收到過，又有誰知道呂甫是否還會回來，究竟還在不在人間呢？

呂甫和林老的商隊，人間蒸發似的，杳無音訊，讓王嬋守了七年的活寡，任誰都會為王嬋感到不捨，甚至還有人想為她與陸進作媒。

只是王嬋對這件事絕口不提，在她的內心深處，仍然相信自己的丈夫絕對不會有事，畢竟他答應過她，一定會回來。

6

「不好了，聽說林老的商隊被襲擊了！」

市集裡，突然一陣騷動，所有人都談論起約莫七年前，前往西域要開通生意的林老一群人。

「什麼、什麼？怎麼回事？」

「什麼時候發生的？現在情況怎麼樣？」

「不知道呀，我也是聽說的。」

「怎麼會這樣啊……」

「我看是凶多吉少了。」

王嬋一聽到這個消息，臉色一陣慘白，眼前一黑，旋即暈了過去。

再度睜開雙眼，第一個見到的，正是一直留在身邊照顧她的陸進。

「夫人，您沒事吧？」

王嬋用手輕按著頭，眼眶泛紅。

「頭還疼嗎？我幫您揉一揉好嗎？」

面對陸進的溫柔體貼，又想起呂甫的生死未卜，王嬋的淚水不禁奪眶而出。

不用多說，陸進也了解今天市集所謠傳的消息，對王嬋而言是多麼大的傷害。

陸進看著傷心欲絕的王嬋，忍不住為她擦拭眼淚。

然而這個舉動，卻讓王嬋想起了與丈夫離別的前一晚，呂甫也曾經做過同樣的動作。

這讓王嬋更加心痛，把陸進的身影與呂甫重疊，將此刻的陸進當成了呂甫，她突然一把抱住了陸進，哭倒在他的懷裡。

這樣的王嬋也讓陸進感到心疼不已，他順勢環抱住胸前的王嬋，任由她哭泣，任由她把自己當成呂甫來責備。

就這樣，過了好幾天，市集裡再也沒人提起林老的商隊。

而陸進也自願自發的，在王嬋的心情平復下來之前，每天晚上都陪伴在她的身邊，直到她入睡為止。

好幾個夜裡，王嬋甚至覺得陸進要比呂甫更像自己的丈夫，陸進為她所做的付出絕不少於呂甫，而陸進對她的呵護，似乎也已經勝過了呂甫。

直到這一天，陸進對王嬋表明自己的心意，王嬋一點也不驚異，而她的內心也早已受到了動搖。

直至今日，王嬋雖然明知自己和陸進很有可能產生戀情，但卻始終沒有和他保持距離。

畢竟陸進一向保持紳士，從不逾矩，對她的照顧又是那麼的無微不至，這讓王嬋徹底鬆懈了，甚至很喜歡與陸進在一起的感覺。

在陸進陪伴自己的這幾個夜裡，也的確讓她減輕了不少寂寞。

因此，當陸進對她傾訴愛意時，她雖然自責不守婦道、不知分寸，但卻已經無法拒絕。

陸進一面親吻著王嬋，一面向她保證絕不會辜負她，也會設法幫助她走出喪夫的陰霾，讓她逐漸淡忘呂甫的一切。

王嬋含著淚水，任憑陸進為她褪去衣裳，任由陸進火熱的舌尖，滑過她軟嫩白皙的雙峰。

此刻的王嬋內心痛苦且掙扎，她還不能確定呂甫的生死，但陸進卻已經悄悄住進了她的心，在她的內心裡佔有一席之地。

眼前，閉上雙眼絲毫沒有抗拒的王嬋是如此惹人憐愛，陸進再也無法克制自己，他熱情的雙唇就這樣肆意在王嬋裸露的光滑肌膚上遊走。

這一夜，伴隨著王嬋的嬌喘聲，兩人終於還是合而為一，跨越了那道不倫之牆。

7

昨晚是王嬋唯一徹底忘懷的一夜。

與陸進同床共枕，相擁入眠，自己竟然完全沒有想起呂甫，讓王嬋感到無比罪惡。

這樣真的好嗎？

耀眼的陽光從窗邊射入床緣地板，陸進並不在自己身邊，想必已經上工了吧。

掀起被單，看著一絲不掛的自己，王嬋臉上瞬間泛起了淡淡的紅暈。

今天，她該用什麼樣的表情，什麼樣的心情來面對陸進？

自己真的喜歡陸進嗎？

呂甫真的不會再回來了嗎？

自己應該放棄等待嗎？

究竟該怎麼做才對？

王嬋踏著比平常更加沉重的腳步，準備往店鋪走去。

然而，才剛步出房門，映入眼簾的景象，卻令她又驚又喜，渾然忘了方才思考的所有問題。

一句「我回來了」讓王嬋的淚水有如瀑布般傾瀉而出，不作多想，她整個人撲了上去，緊緊抱住眼前的男子。

「甫，不要離開我，我再也不要放開你了！」

王嬋緊緊抱住的，正是離家多年的呂甫。

「我答應過妳的，我一定會回來，對不起，讓妳擔心了。」呂甫的言語中充滿了不捨。

他無法想像自己不在的這段日子，王嬋過得有多麼心力交瘁。

而她，雖然可以想像呂甫這段旅程有多麼艱辛，卻還是無法忍受那份等待與不安的感覺。

「前幾天聽說你們的商隊被襲擊了，我還以為你……」此時的王嬋已經哭得無法自己。

「沒事的，事情已經過很久了，現在已經沒事了。」呂甫安撫著，自己卻也哽咽了起來：「不過，也因為受到襲擊，大夥的貨都被洗劫一空，沒辦法風風光光的回來，真的，對不起妳了。」

「不要緊，只要你平安就好，沒什麼比得上你平安歸來。」

一想到呂甫平平安安，確實回到了自己身邊，王嬋終於破涕為笑。

「這段期間，妳一個人一定很辛苦吧，店裡還好嗎？」

被呂甫這麼一問，王嬋想到了陸進。

要不是陸進鼎力相助，也許早就倒閉收店了。

此時王嬋內心陷入膠著，是否要介紹呂甫與陸進相識？

兩人彼此認識了之後會擦出什麼樣的火花？

而做出了背叛呂甫的行為，也傷害了陸進的自己，又該如何立足？

王嬋這輩子從來沒有如此後悔，自己為何這麼不矜持？

「嗯，」王嬋輕輕地點了個頭，將話題轉移：「走了這麼遠的路，一定很累吧？先洗個澡好嗎？我來幫你燒柴。」

王嬋沒有勇氣將一切坦白，只好趁著呂甫洗澡，先到店裡找陸進。

店門口，陸進依然認真地搬著貨物。

看著那熟悉的背影，王嬋心中五味雜陳。

一路上，她已經模擬過好幾次如何面對陸進，然而現在看到了陸進，卻又心猿意馬起來。

陸進發現王嬋，露出燦爛的笑容，朝她揮了揮手。

雖然想衝過去一把抱住王嬋，但礙於他人的眼光，陸進並沒有這麼做，畢竟王嬋目前的身分還是有夫之婦，還是自己的老闆。

陸進的笑容，讓王嬋的心揪了一下，她不敢相信竟然不經意地玩弄了他的感情。

王嬋深吸了一口氣，板起臉來朝陸進走去。

「怎麼了？一早就臭著一張臉？」

陸進以為王嬋是因為感到尷尬才會露出這樣的表情，半開玩笑地詢問。

王嬋以認真的眼神回應陸進：「呂甫、我的丈夫回來了。」

陸進一臉震驚，詫異不已。

「妳覺得內疚嗎？」陸進不敢相信自己的耳朵：「這是妳拒絕我的說法嗎？」

王嬋拚了命地搖頭，企圖透過話語讓自己保持鎮定：「不，我說的是真的，就在剛剛，甫他回來了，現在正在家裡洗澡，我想他待會就會過來了。」

話才剛說完，陸進還來不及做反應，呂甫已經朝兩人走了過來。

8

「這是……」

呂甫瞪大了雙眼，久久無法言語，不敢相信自己的眼睛。

回過神來，呂甫嘲笑自己當年為何要前往西域。

現在的店，比當時還要壯大數十倍，就算自己從西域帶回了生意，規模也不過就像今天這樣吧。

呂甫看著自己的賢妻，不但沒有讓生意下滑，還經營得有聲有色，感動得牽起王嬋的手，眼神中充滿了激動。

然而王嬋卻迴避了呂甫的眼神，轉而看向陸進。

「甫，這家店的功勞不在我，是這位新聘來的長工，陸進一肩扛起的。」

「是嗎？原來是這樣，不過這也是妳帶來的福氣，是妳找到了一位能幹的長工。」

呂甫笑容可掬地將目光轉向王嬋所指的陸進。

「是你幫忙把生意做起來的嗎？」

「不，是夫人不嫌棄，讓我可以發揮自己所能。」

陸進話雖然說得客氣，內心卻是恨得牙癢癢的。

「呵呵，真是謙虛的人，不介意的話，我想好好地答謝你，有什麼需要儘管說，月錢我也會加倍算給你。」

呂甫的話聽起來很闊氣，但他只不過是坐享其成，讓陸進感到很不是滋味。

陸進這些日子以來的努力，目的可不是為了讓呂甫回來享受一切成果。

成天摟著王嬋纖細蠻腰的呂甫，大搖大擺地在店裡東晃西晃，這讓陸進是看在眼裡，痛在心裡。

他不甘心，他想要奪回王嬋，他想知道其實王嬋愛的是自己。

陸進很快地以老爺既然已經回來，自己也沒有必要再留下來作為理由，向呂甫提出了離職請求，並且希望呂甫能讓王嬋單獨與自己共進一次晚餐，當作謝禮。

雖然呂甫不是很明白為何會提出這樣的要求，但畢竟陸進也算是自己的恩人，因此很爽快地就答應了。

另一方面，陸進則擅自下了決定，如果王嬋希望與自己私奔，他必定不顧一切後果，帶著王嬋另闢東山。

9

自從丈夫回家後，王嬋的心裡一直備受煎熬。

她深信自己愛的是呂甫，但對於陸進的那份不捨又是什麼樣的心態？

夫妻之間不該有所隱瞞，王嬋也不想一個人承受這麼多的苦楚，很想和盤托出。

但是她害怕一旦說出口，夫妻倆的感情就會生變。

為什麼呂甫不早一天回來，只要一天就好，這一切就不會發生了。

王嬋想起陸進的點點滴滴，陸進對她的好，一點也不輸給呂甫，但回想起來，自己似乎從來沒有考慮過與陸進共度一生。

陸進對自己的愛護，讓她想起了呂甫，在陸進擁抱自己之前，每當夜闌人靜時，會讓她思念的還是呂甫，而不是陸進。

不是陸進不如呂甫，只不過她愛上的是呂甫，不是陸進，如此而已。

若兩人之中必定有一人不能出現在她的生命裡，那麼，她寧可選擇從來沒遇見過陸進。

釐清了自己的感情，王嬋決定向呂甫表明一切。

這也是她必須面對的，她不想歉疚地過一生，更不想永遠背負著背叛的罪名而無法釋懷。

入夜之後，呂甫回到家中，告知王嬋陸進即將離職。

王嬋只是靜靜地坐著，沒有表示任何感覺，就好像是預料中的事情。

呂甫總覺得王嬋與陸進有些不對勁，陸進的要求，以及王嬋的反應都令人不解。

陸進的要求也就罷了，或許他只是想好好答謝王嬋這些日子以來的照顧。

而這段期間自己不在場，如果他們想回憶起這些時日，什麼都不清楚的自己被晾在一邊，恐怕陸進會覺得尷尬不自在。

因此對於陸進的要求，呂甫還能為他找個理由。

但幫了大忙的陸進，如今要離開了，王嬋卻沒有任何反應，以自己對妻子的了解，似乎有些說不過去。

重感情的王嬋，過去即使長工生了病，她也心急如焚，四處求醫。

而陸進可是自家的大恩人，怎麼會表現得異常冷漠呢？

正當呂甫想要開口問個清楚，王嬋露出了嚴肅的表情，正襟危坐地面對著自己。

王嬋一點一滴地訴說著這七年來所發生的大大小小事情，最後，終於也說出了自己與陸進之間所發生的每一件事。

王嬋看著呂甫無法置信的表情，她知道不管怎麼說，她已經傷害了自己最摯愛的丈夫。

她閉起了雙眼，不敢奢求丈夫的原諒，把事情說出口，一方面也是為了減少自己的內疚感，讓自己能夠好過些。

「沒關係，事情都已經過去了，我不怪妳。」呂甫溫柔地撫摸著王嬋顫抖的臉龐。

王嬋睜開雙眼，只見呂甫神情溫和，露出了和過去一樣的溫暖笑容。

「對不起，我對不起你，我好後悔，我真的好後悔……」

知道自己獲得諒解，王嬋身子一軟，趴倒在丈夫的大腿上哭泣。

「不，錯的是我，拋下妳這麼久，妳一定很孤單吧。」

呂甫表面上能理解，事實上，當他得知實情後，內心卻是百感交集。

悲傷、憤怒、自責、憐憫、無奈，全都一股腦地襲了上來。

如果當初自己沒有堅持去西域，王嬋根本也不會遇到陸進，更不會有後續的事情發生。

為此，呂甫感到自責。

經歷了漫長的孤寂，與陸進之間，王嬋或許只是想有個心靈上的慰藉，如此哀傷的心境，令呂甫憐憫。

無奈自己無法阻止這一切發生，無奈自己沒有能力讓王嬋幸福。

儘管如此，呂甫還是感到憤怒，為何妻子在沒有得到自己是生是死的確切消息之前，可以如此不守婦道？

不論誰對誰錯，有哪個人被劈了腿，知道另一半有外遇，卻能夠毫不在乎的呢？

再怎麼說，這樣的事情傳出去，不管理由為何，都是一件醜聞。

眼前，呂甫出現了兩個選擇，原諒與不原諒。

選擇原諒，妻子可能會因為愧疚與感恩，從此死心塌地，忠貞不二。

雖然往後的日子，自己得要不時回想起妻子曾經出軌的事實，但卻也能突顯出自己其實是個心胸寬大的好丈夫。

王嬋也是知恥的，只要事情不說出去，又有誰會知道自己被戴了綠帽？

即使陸進在各方面有所不服，散播謠言，只要要求王嬋一概否認，他又能對自己造成多少傷害？

如果選擇不原諒，依然愛著王嬋的自己放得下嗎？

自己不在的這段期間，妻子為自己付出了多少？

妻子不但沒有拋家棄夫，苦苦守候了自己七年，而且還擴大了店裡的事業，就只做錯了這麼一件事，不值得原諒嗎？

這次的旅程什麼也沒帶回來，自己不但和以前一樣沒出息，還把賢妻給休了，別人會怎麼想？豈不貽笑大方？

再者，不原諒就等於變相湊合王嬋與陸進，這麼一來，反而便宜了陸進，自己卻失去了一切，這怎麼成呢？

總總問題，瞬間全部浮現在呂甫的腦海，在綜合比較過利害關係後，呂甫選擇了原諒。

與此同時，呂甫告訴了妻子，陸進提出與她單獨進餐的要求，而自己先前在不知道兩人關係的情況下，也已經答應了。

「嬋，妳想怎麼做？如果妳不想去，我可以幫妳推辭。」

王嬋止住了淚水，緩緩抬起頭來，平靜地說：「不，我去，我想向他說清楚，我和他之間不會再有任何關係了。」

雖然感到不安，但這會是最好的機會，王嬋也不想對陸進有所虧欠，說個明白對雙方，不，對三方都會是最好的。

10

「希望今晚是我們最後一次見面了。」

王嬋說得斬釘截鐵，完全出乎陸進的意料。

「這話是什麼意思？」陸進抿著嘴，試圖保持自己的風度。

「就當作是一場誤會吧，我真正愛的人是呂甫。」

現在的王嬋，心裡已經不再有猶豫。

陸進沉默了好一段時間，氣氛也跟著冰凍到了最高點。

「妳把我當成什麼了？」

陸進再也壓抑不住情緒，拉高了嗓門，不悅地吼道：「我只是那男人的替代品？只有他不在的時候才需要我，我到底算什麼？讓妳隨傳隨到的玩偶，不要了就丟掉嗎？」

王嬋低著頭沒有回答，過了一會才悠悠地說：「算我對不起你，我是真心感到愧疚和抱歉。」

這並不是陸進想聽到的答案，他希望王嬋了解他的痛，期望她看到自己為了她如此失控，正表示他對她的愛有多深，他盼望王嬋能夠回心轉意。

眼前豐盛的燭光晚餐，是陸進精心準備的，但此時的兩人卻一口也嚥不下。

王嬋緩緩抬起頭來，用哀求的眼神和口吻對著陸進說：「過了今晚，如果你能從我的生命中消失，我將會過得很幸福。」

怒火中燒的陸進，憤恨地拍桌起身。

眼前的女子不再是他所認識的王嬋，現在的她只是一個無情的蕩婦。

陸進毫不留情，惡狠狠地瞪了王嬋一眼，轉頭就走。

擺設華麗的餐桌前，只留下王嬋一人，獨自掩面哭泣。

11

寒風刺骨的夜裡，陣陣白煙緩緩冒出，剛出浴的妻子，隨意圍了件純白的外衣，裸露著香肩，半露酥胸，有如仙女下凡。

陸進當著呂甫的面，一把從背後熊抱住王嬋，扯下她的外衣，接著便是一陣狂亂激情的擁吻。

這樣的畫面不時出現在呂甫的腦海中，久久揮之不去。

明知王嬋和陸進已經徹底斷了關係，夫妻倆不分日夜，幾乎無時無刻不膩在一起。

但呂甫仍無法釋懷，每當妻子背對著自己時，遭到背叛的激動情緒便不受控制地竄進腦門。

或許自己真的沒有那個肚量，呂甫實在沒有辦法裝作若無其事。

他經常想著能夠如何報復，怎麼才能讓陸進嚐到和自己一樣，心愛的人慘遭外人侵犯，而自己卻無法挽回的滋味。

另外，他也想牢牢抓住妻子的心。

與陸進分開後的日子，王嬋雖然表面上不說，臉上卻偶爾會出現一絲落寞。

他知道自己與陸進畢竟是渾然不同的兩個個體，兩人對待王嬋的方式必定也是不盡相同。

王嬋偶然露出的愁容，也許是在不自覺的情況下，比較起自己和陸進，而陸進的表現更能擄獲王嬋的心。

就在呂甫想著該如何阻止這些惱人的事情，讓一切回復到最初的平靜時，門口出現了一位不速之客。

12

陸進丟下手邊的酒瓶，一頭衝進了呂甫宅邸。

「王嬋！妳在哪？出來！」陸進大聲咆哮。

一走到兩夫妻的房間，也是陸進與王嬋發生不倫之處，站在門外，陸進臉色驟變。

只見夫妻倆一副正準備行房的模樣，呂甫將王嬋撲倒在床上，而王嬋也面露嬌羞。

這樣的畫面勾起了陸進與王嬋魚水交歡的回憶，但此刻對陸進而言，這個回憶是多麼令他不悅。

看到陸進就這樣大剌剌闖了進來，王嬋嚇得花容失色，拉緊了半解的衣裳，蜷縮成一團。

陸進哼地一聲冷笑，就好像在恥笑王嬋的舉動，再怎麼說，自己又不是沒看過她的胴體，何必遮遮掩掩裝得矜持。

呂甫抱緊了王嬋，在她的額上輕吻了一下作為安撫，然而臉上卻偷偷地露出了一抹微笑。

呂甫心想，這樣正好，自己可以藉這個機會和陸進好好算個帳。

陸進是自己找上門的，就算他發生了什麼意外，也可以對外宣稱他是發了酒瘋，隨便跑進別人家裡使亂，自己只是正當防衛。

呂甫算計著，不管怎麼樣都對陸進不利。

自動送上門的陸進省去了自己不少麻煩，就這點來說他還挺感謝這位血氣方剛的第三者。

「你來這裡做什麼？」呂甫正色問道。

「不關你的事，我是來找王嬋的。」陸進不客氣地回答。

被這麼藐視，呂甫臉色一沉，起身走向陸進。

「我想，你可能不知道吧，你的妻子可是跟我有過一段情，我就是為了這件事情來的。」陸進傲然睥睨著呂甫。

「呵呵，我還以為是什麼事。」呂甫一派輕鬆地說。

出乎陸進的意料，呂甫竟然不當一回事，陸進瞪大了雙眼。

「我們夫妻倆的感情，可沒你想像的那麼容易動搖。」呂甫始終保持著招牌笑容：「倒是可憐了你，被當成尋求慰藉的替代品。」

陸進憤恨地看向王嬋，想弄明白王嬋的想法，是不是真的如同呂甫所說的。

王嬋緊咬著嘴唇，把頭撇向一邊，不願意做任何回應。

「很抱歉，是我沒有管好妻子才會帶給你困擾，我會擇期登門正式向你道歉，可以請你速速離開嗎？」

陸進不明白，為什麼到了這個節骨眼，呂甫還能保持冷靜跟風度。

他真的愛王嬋嗎？

如果愛她，情緒都不會受到波動，有所起伏嗎？

「王嬋，其實妳是愛我的吧？妳只是受到婚姻的約束才選擇跟呂甫繼續下去的，不要欺騙自己了！」

王嬋用力地搖了搖頭，甚至還往後退了好幾步，就好像視他如敝屣一般。

這樣的回應讓陸進感到無地自容。

陸進突然發了瘋地衝上前去，拿出他預藏的刀子，直往王嬋刺去。

呂甫早有心理準備，沒那麼輕易讓陸進穿過自己對王嬋行刺。

呂甫拉住了陸進，兩人扭打成一團。

王嬋見狀，衣衫不整地跑下床去制止。

幹粗活的陸進，比起呂甫這樣的大老闆，不管是力氣或體力都佔了上風。

陸進的目標原本就不是呂甫，讓他難看的是王嬋，玩弄自己感情的是王嬋。

直到最後，陸進始終認為王嬋只是礙於婚姻，才會割捨掉對自己的這份感情。

然而王嬋卻這樣輕易地當著呂甫的面，潑了自己一大桶冷水。

他無法原諒如此殘忍絕情的王嬋，陸進的理性如同斷了線的風箏，剎那間被拋到了九霄雲外。

陸進甩開了呂甫，一個轉頭，發現想要阻止兩人廝殺的王嬋就在旁邊。

他高舉手上的刀子，尖銳的刀鋒透出白亮的光芒。

陸進二話不說，狠狠地刺了過去。

原本淨白的刀身瞬間染成了鮮紅，滾燙的血液汩汩流出。

「不——」

淒厲的哀嚎，在寧靜的夜裡更顯得悲哀。

四周的空氣瞬間凝結，時間就像靜止了一樣，所有人都停下了動作。

躺在血泊中的，是為王嬋擋刀的呂甫。

感受到血液濺出的瞬間，陸進臉色慘白，惶恐地看著王嬋與呂甫，一對夫妻竟因為自己落得如此淒慘的下場。

他從來沒有想過要殺人，他真的不是為了殺人才來的。

雖然憤怒，但在陸進的計畫中，他只不過是想嚇嚇王嬋，讓她知道自己有多氣憤、多痛苦，他只是想讓她受到一些教訓，怎麼也沒想到會變成現在這樣的結果。

丟下手中的刀，陸進以最快的速度奪門而出，逃逸無蹤。

贏了，呂甫心想。

即使自己死了，陸進也休想得到王嬋。

王嬋的心，這輩子都只會在自己身上了。

她再也不會變心，自己再也不用擔心妻子被搶走了。

雖然和預想的有些出入，但也算是達成目的了。

呂甫一直想表現給王嬋看，自己比陸進還要優秀，還要值得依靠。

他不甘心陸進就這樣住進了王嬋的心，失去的，他一定要加倍討回來。

犧牲自己為王嬋擋刀，真的能付出到這種地步的人有幾個？

呂甫相信，自己在王嬋的心中留下了最完美的印象。

「甫……」王嬋抱著重傷的呂甫，泣不成聲：「對不起，都是我害的，對不起……」

呂甫感覺空氣越來越稀薄，呼吸也越來越急促。

「沒關係……我……原諒妳……」

痛雖然痛，恨雖然恨，但為了讓王嬋永遠只想著自己，呂甫再度選擇了原諒。

「不，我不要你死，請你不要再離開我了……」

呂甫強忍著傷痛，帶著一貫的笑容說：「我倆的心……永遠……都會在一起……」

說完，呂甫的頭部自然垂落，靜靜地躺在王嬋的身上。

「甫——」王嬋放聲痛哭，悔恨不已。

「這次換我跟你約定，來世，我一定要再當你的妻子，不離不棄，絕不變心。」

王嬋暗自下了決心，對死去的呂甫許下承諾。

13

自此之後，陸進再也沒有出現在王嬋眼前。

而王嬋也由於過度思念，哀傷至極，日益憔悴。

不久，王嬋便病死於家中。

直到死時，王嬋都一直惦記著呂甫，心中再也容不下任何人，為丈夫終身守寡。

死後的王嬋，終於可以和丈夫再度相會。

然而在茫茫鬼海中，王嬋尋尋覓覓，卻怎麼也找不到呂甫。

就在王嬋猶豫是否放棄的時候，她聽到借婆的傳言，找上了借婆。

「妳就是借婆吧？」

借婆沒有回答。

「我希望重新轉世之後，能夠再與呂甫結為夫妻。」

借婆拄著八卦杖，不屑地抬起頭來，看著王嬋。

「妳以為要結為連理有這麼簡單嗎？妳這輩子不珍惜，下輩子還想要再當夫妻，想得可真美。」

王嬋無可反駁，低著頭緊閉雙唇。

「妳沒聽過你們人間流傳的一句話嗎？『十年修得同船渡，百年修得共枕眠』，你們的姻緣已盡，來世不可能再當夫妻。」借婆揮了揮手，要王嬋別白費力氣。

「我知道，所以我想跟妳借，」王嬋眼神堅定地說：「只要三個月就好，能夠當三個月的夫妻我就心滿意足了。」

「代價是百年的孤寂，用百年孤寂來換取三個月的姻緣，妳願意嗎？」

王嬋沉吟了一會，緩緩地點了點頭。

借婆長長地嘆了口氣，拿起八卦杖，朝杖頂輕輕一撥，八卦球快速旋轉。

「咚」的一聲悶響，借婆的八卦杖一敲，再度轉動了因果線。

第 6 章・因果輪迴

1 懇求原諒

聽完了借婆所說的，茗蒔前世的故事，眾人沉默不語。

這就是輪迴嗎？

當年的王嬋，轉世之後成了現在的郭茗蒔。

當年的陸進，轉世之後成了現在的郭大川。

當年的呂甫，轉世之後成了現在的陳俊邦。

陸進與王嬋因為餘情未了，所以現世成為了郭大川父女，一人還債、一人羈絆。

而當年陸進本來要殺王嬋，卻誤殺了呂甫。

現世之中，變成了大川本來要殺俊邦，卻誤殺了自己最心愛的女兒茗蒔。

這一切都是因果輪迴之下的產物。

至於王嬋與呂甫這對夫妻，因為借婆的關係，在現世得到了一段三個月的姻緣，但是卻演變成與前世相仿的結局。

裡面複雜又牽扯不清的因果輪迴，除了借婆之外，沒有人能夠算得清。

就在眾人為這剪不斷、理還亂的因果糾纏不清的時候，原本一直在一旁默默不語的大川，一臉兇狠地瞪著借婆。

「妳這哪裡冒出來的瘋女人！在這邊胡言亂語什麼前世今生！」

大川說完，立刻朝借婆撲了過去。

2 逮捕兇嫌

想不到大川竟然連借婆都不放在眼裡，這一下襲擊來得又急又快。

「借婆小心！」方正叫道。

可是為時已晚，大川本來就比較靠近借婆，突然朝著借婆一躍，大家根本來不及相救。

不知何時，大川手上多了一把水果刀，朝著借婆直直刺下去。

「放肆！」

借婆躲也不躲，只喝了一聲。

「啊——」大川叫道。

只見那把水果刀鋒，在快要碰到借婆的地方停了下來，而接下來大川的手便傳來響亮刺耳的骨折聲。

即使沒有佳萱的說明，大家也可以看出大川拿刀的那隻手，骨頭都已經碎裂了。

大川臉色一片死白，整隻手就好像果凍般，軟嫩無力，水果刀也掉落在地上。

借婆鐵青著臉，怒目瞪視著大川。

「你這畜生，還不知道自己大禍臨頭了嗎？」借婆雙目圓睜，用八卦杖指著已經跪倒在地哀嚎不已的大川說：「最該死的就是你！不管前世還是今生，你都死性不改，執著於自己的情，不管愛情還是親情。說穿了，你愛的不管前世還是今生都不是她，你愛的人是你自己。為了滿足你的慾望，你不肯放手，前世如此，今生更是如此。」

大川連反駁的力量都沒有，手臂骨頭盡碎的痛苦讓他面目扭曲。

「你遠赴泰國，向法師求法，就只為了害人，奪回自己的所愛。你佔有的慾望，已經佔據了你所有人生。」借婆說：「你一連三世都走不出情關，為了奪己所愛，總是濫殺無辜，殺了那麼多人，現在還想要襲擊我，當真是見到了棺材還不知道要掉淚。」

方正聽到借婆這麼一說，內心一凜。

記得曾經聽任凡說過，三世不行善，就會被判奈落之刑。

而奈落橋的守橋人，正是方正的乾奶奶——旬婆。

奈落之刑是地獄的一種極刑，相傳只有窮凶極惡，不肯行善之徒，才會遇到的一種極刑。果然方正剛這麼想，借婆就開口說：「這樣三世不行善的你，等待你的只剩下奈落之刑的命運了。你現在就好好嚐嚐自己種下的惡果吧！」

借婆語畢，將八卦杖一舉，一道刺眼的光芒直直射向大川。

光芒消失之後，大川也消失得無影無蹤，正當大家納悶著大川的行蹤時，屋外傳來了大川哀嚎的聲音。

「不要！不要過來！」

眾人跑到窗邊往外看，原來大川被借婆傳到了屋外，那群包圍著木屋的鬼魂，因為借婆與茗蒔的關係無法入內，但是大川被傳出來之後，它們立刻圍了上去。

沒有保命符的大川，只能被這群惡鬼隨意宰割，當真嚐到了自己種下的苦果。

借婆無視外面大川的哀嚎，轉而走向俊邦與茗蒔兩人。

俊邦自從聽到借婆的故事之後，一直沉默不語。

一旁的茗蒔，亦是靜靜地看著俊邦。

「你們這生的姻緣，恩愛甜蜜的三個月，是我依照她的請求所借給你們的緣分，但是如果你好好珍惜的話……」借婆嘆了口氣，搖了搖頭說：「可惜，你被自己的心魔所困。那些前世的業障仍然糾纏著你今生的心。」

即使不需要俊邦解釋，在場的眾人也很明白，借婆所說的「心魔」，指的應該就是俊邦在兩人婚後兩個月開始，每天晚上都會夢見的夢。

「前世，你沒有機會遇到這些業障，輕易地就說出原諒。」借婆手拄著八卦杖，面無表情地說：「今生的你，不過只是體會到了前世的業障。即便明知那只是你自己的夢境，都已經改變了你的心。如果前世的你沒有被他所殺，仍然活在人世間。雖然說了原諒，但又能承受多久呢？」

俊邦抬起頭來看著茗蒔，臉色哀戚。

「要知道，光是今生虛幻的夢都足以改變你對她的態度，更何況前世所發生的事實，你能真心對她多久？」借婆沉吟了一會，悠悠地說：「沒有那個雅量，就不應該輕易說原諒。」

借婆的話，讓眾人面面相覷。

這就好像節儉是個美德，但是在經濟學的觀點中，如果所有人都一起節儉，反而是有礙經濟發展行為。

簡單來說，如果原諒只是一種達成目的的手段，那麼就失去了原有的意義了。

「當初的你如果沒有在臨死之前原諒她，我想她會愧疚地活一輩子，但是還不至於來跟我借這三個月的緣分吧。」借婆看了茗蒔一眼，回頭問俊邦說：「你知道她用什麼代價換得這三個月的嗎？」

俊邦看著茗蒔搖了搖頭。

借婆淡淡地說：「來世的百年孤寂。」

「什麼？」俊邦不敢置信地看著茗蒔。

茗蒔只有淡淡地慘然一笑。

「為什麼一開始不聽我的呢？為什麼一定要去西域呢？」茗蒔語氣溫柔地說：「如果當初你願意聽我的留下來，這一切都不會發生了。」

這些話眾人都知道是要對俊邦的前生說的，此時此刻的俊邦，對這些事情一點記憶都沒有。

「我一直希望這樣責怪你，但是我沒有這個資格，今生的你也沒有這樣的回憶。」茗蒔淡淡地笑著說：「可是當年的我，在數不清的夜裡，都是這樣罵著你、等著你，然後……想著你，帶著淚入睡，這樣日復一日、年復一年。當借婆跟我說，代價是百年孤寂的時候，我腦海裡面想到的就是這段光陰。」

茗蒔看著借婆，臉上仍不改微笑。

「後來，你說原諒我的時候，我知道，我願意付出一切代價，只要能夠跟你再續前緣。所以在我往生之後，我知道有借婆這樣的人，所以才會去求她。我回想起那段光陰，當時的我，雖然很孤獨，但是只要想到能夠再見到你，再多的苦也值得。所以我答應了借婆的條件，只為了此生可以再跟你成為夫妻，雖然，只有短短的三個月……」

茗蒔收拾起笑容，看著俊邦，臉上看似責備，又看似不捨。

俊邦看著茗蒔，心中也是百感交集。

但是在聽完茗蒔的話之後，腦海裡面浮現的盡是當初兩人交往時甜蜜的景象。

可是最後就像借婆所說的一樣，自己仍然無法戰勝自己的心魔。

「對不起，」俊邦跪倒在茗蒔面前，哭著說：「真的很對不起，如果再給我一次機會，我真的會好好珍惜妳。」

可惜的就是，緣分這種東西往往不會有第二次機會。

不管茗蒔再怎麼不捨，也到了分離的時刻。

這點茗蒔非常清楚。

她望著跪在她面前的俊邦，分不清楚哪一世的回憶在她的腦海裡面奔流而過。

痛苦、寂寞、內疚、氣憤、傷心、甜蜜、埋怨、悔恨。

所有的七情六慾同時都在茗蒔的胸口翻滾。

即便腦海中閃過了所有兩人的回憶，許許多多的情緒在內心翻滾，但是，最終還是只有一個情緒，可以在所有情緒沉澱之後，慢慢浮現出來。

跟所有分手過後的男女一樣，不管分手的當下，有多麼激動，甚至討厭對方，但是當事過境遷，一切的情緒都沉澱了之後，才能夠知道自己對那個人真正的感覺。

或許命運就是這樣，茗蒔看著俊邦，這個她花了兩段人生深愛的男人，此刻像個孩子一樣，請求她的原諒。

十年修得同船渡，百年修得共枕眠。

借婆的話語在茗蒔的腦海中浮現。

原來每一段緣分，都是如此得來不易。

茗蒔絕對有資格可以怨恨他，因為他糟蹋了她用百年孤寂換來的姻緣。

但是回過頭想想，自己又何嘗不是這樣對他呢？

俊邦抬起頭來，淚眼看著茗蒔。

茗蒔淡淡地笑著，對俊邦搖了搖頭，意思彷彿是說我不怪你。

但是這一次，茗蒔沒有跟他一樣，說出我原諒你。

或許，她不想讓俊邦帶著跟她一樣的內疚與傷痛，走上同一條路。

也或許，她真的想讓兩人這段剪不斷理還亂的感情，徹底結束。

茗蒔不說，大家永遠都只能猜想而已。

就這樣，茗蒔臉上帶著五味雜陳的表情，緩緩消失在眾人眼前。

3 借婆與佳萱

在茗蒔消失之後，整起事件也告一段落。

楓帶著身心俱疲的俊邦，到木屋中休息，等過一會天亮，找來支援之後，可以找人送他回去。

方正派阿山下山去求援，要他聯絡山腳的分局，派技工上來幫他們修車。

木屋前面，只剩下佳萱、方正與借婆。

自從眼睜睜看到兩個熟悉的人，原來有這樣的輪迴之後，佳萱一直沉默不語。

「當年，在她跟妳借的時候，」佳萱不悅地對借婆說：「妳應該就知道事情會演變成這樣吧？」

「不，即便是我，也不知道他們能不能跨過自己的業障。」借婆面無表情地說。

「妳不覺得，」佳萱轉向借婆，瞪視著借婆說：「這樣太殘忍了嗎？」

佳萱這話一說，方正為佳萱捏了一把冷汗。

要知道佳萱現在責備的對象，可是黃泉界人見人怕的借婆啊。

方正趕緊拉了拉佳萱，示意要她不要多說。

原本一直背對著佳萱的借婆，果然聽到佳萱這麼說之後，緩緩轉過身來，目光冰冷地凝視著佳萱。

佳萱甩掉了方正的手，一臉怨恨地說：「明明知道很可能會有這樣的結果，妳為什麼還要借小蒔這三個月的姻緣？」

借婆不發一語，依舊以冰冷的眼神看著佳萱。

「無話可說了吧？」佳萱說：「看著大家被因果輪迴所苦，才是妳真正的目的吧？」

借婆仍舊沉默，佳萱眼眶早已經累積了大量的淚水，這時再也忍不住流了下來。

「太奸詐了，妳為什麼要答應她呢？借她三個月因緣又有什麼好處？」佳萱痛苦地說：「明明兩人緣分已盡，早就可以各自分飛，為什麼妳還要答應她？為什麼妳不能放手，還要讓他們的因果糾纏在一起？」

「不肯放手的，不是我。」借婆面無表情地說：「放手，才是終結因果的開始。」

佳萱其實心裡也很明白，若要真的說到底，這筆因果帳怎麼算也不會算到借婆的頭上。

借婆緩緩搖了搖頭，轉過身去說道：「如果大家都肯放手，那麼就不需要我這個借婆了。」

這些佳萱都明白，可是事關自己熟悉的人，要她這樣釋懷，實在很難。

「唉，」借婆嘆了口氣說道：「妳有心管別人，不如好好想想自己。」

「嗯？」

「妳……」借婆緩緩地說：「也有欠我的債。」

這並不是佳萱第一次聽到這樣的話，記得在第一次遇到借婆的時候，借婆也曾經這麼說。

「我到底欠妳什麼？」

借婆搖了搖頭說道：「時間到了，我自然會跟妳討。」

第7章・尾聲

1 交錯而過的宿命

經過了驚心動魄的這一夜，太陽終於照亮了大地。

就好像雨過天晴那般，今天的天空特別蔚藍。

阿山這邊終於聯絡到了山腳下的分局，聯絡了技工上山來幫方正等人修理車子。

而打算今天下山的小晴也來到了木屋前，有個朋友會過來這裡接她。

果然過了一會之後，就看到一台車子，繞著山路朝這裡而來。

小晴笑著用力朝女子揮了揮手。

車子停妥之後，駕駛人下了車，對著這裡招了招手。

「小晴。」

一個戴著眼鏡，留著一頭長髮的女子朝眾人這邊走了過來。

「我朋友來接我了，」小晴對方正等人說道：「就是她推薦我來這個地方修行的。」

女子走過來，對眾人點頭示意。

小晴比了比方正說：「我來跟妳介紹，這位是白方正警官，他們這次為了調查一件兇殺案而來，想不到卻是一起牽扯到很多鬼魂的案件。」

「喔？」

小晴轉向方正說：「這一位是我的好朋友楊茹茵，是個非常聰明的人喔。」

茹茵苦笑著說：「小晴妳這樣介紹，感覺有點老王賣瓜的味道。」

小晴聽了吐了吐舌頭，兩人相視而笑。

從這裡可以看得出來，兩人的感情非常要好。

這讓方正不自覺地想起了任凡，不知道為什麼，方正也知道自己不是那種一見面，就很會看人的人。

可是從小晴與茹茵的互動上，給方正感覺兩人的感情深厚，好像一起經歷了許多事情的感覺。

那種感覺，就好像自己跟任凡經歷過許多事情之後，淬鍊出來的感情。

遠處分局特別派上來的技工，也到達了現場，方正向兩人示意之後，也趕緊過去。

方正等人離開之後，小晴突然想到什麼似的，啊了一聲。

「他……」小晴的臉色突然落寞了起來，對著茹茵說：「也有一個好朋友去了歐洲。」

「喔？」

「嗯，他那個朋友叫做……」

小晴做出了嘴型，準備說出那人的名字，但是卻沒有說出來。

「怎麼啦？」茹茵看到小晴的模樣笑著問。

「唉唷，」小晴苦笑：「我忘記了。妳等我一下，我去問。」

「呵呵，不用啦。問到了我也不認識。」

「說的也是。」小晴笑著說。

「只是我有點意外。」

「意外？怎麼說？」小晴一臉不解地問。

「妳不是說他們是警察嗎？我不知道台灣的警察已經先進到可以辦這種牽扯到鬼魂的案件。」

「是啊，他們幾個真的很特別喔，聽說他們是一個特別的行動小組，組裡面所有的人都有陰陽眼。」

「那不是跟我們一樣？」茹茵笑著說。

「不太一樣，我們有飛燕啊。」

「對，他可是就算掉到地獄也見不到鬼。」

一講到飛燕，小晴難免臉上浮現出一抹憂鬱。

茹茵見狀，拍了拍小晴的肩膀表示安慰。

另外一邊的方正，在技工檢查過車子之後，知道很快就可以修好，也鬆了口氣。

小晴與茹茵走了過來，表示兩人要先下山了。

「如果你將來有遇到類似這樣難纏的案件，可以打我剛剛給你的那個電話，應該會有一個叫做黃松造的人，他會負責跟你接洽。」臨走之前，小晴對方正說。

如果是幾年前的方正，肯定會把小晴剛剛給的名片給丟了。

光是聽特殊事務所這樣的名稱，就感覺好像詐騙集團。

可是現在方正已經深刻了解到，這個世界有很多看不到或者奇妙的事情，其實是真實存在的。

方正知道，這世界上有很多事情，都不是自己能力所能及的。

「這次真的很謝謝妳。」方正說：「如果將來你們有遇到困難，也可以儘管找我，如果有我可以幫忙的地方，我一定會幫忙。」

雙方握了握手之後，小晴與茹茵走向茹茵的車子，準備踏上歸程。

「怎麼樣？妳的符紋好了嗎？」路上茹茵問小晴。

「嗯，謝謝妳，茹茵。」小晴開心地說：「有了這個腳底的紋身，加上佳儀前輩給我的防身勾玉，我想以後那些鬼魂不會再上我的身了。」

「哪裡，不用客氣。」

「對了，聽山上的師父說，他已經很多年沒有下過山了，妳怎麼會認識他呢？」

茹茵的臉色有點黯淡，過了一會才緩緩地說：「因為我曾經認識一個人，跟妳一樣有很強的陰陽眼，他從小是被一個法師養大的，為了防止他被鬼上身，在他長大之後，就被帶來這邊紋符，當時是我陪他來的，所以才會認識那個師父。」

「喔，原來如此。」

茹茵口中的那個朋友，正是眾所皆知的黃泉委託人——謝任凡。

就是因為腳底有紋著符咒，所以在他往後的黃泉委託人生涯，即便投身於眾鬼之中，也不會被這些鬼魂竊據肉體。

就這樣，茹茵與小晴，方正與佳萱等人，各自走向歸途。

一直在遠處眼睜睜看著眾人的借婆，深深地嘆了口氣。

在借婆的眼中，看到了眾人之中難解的因果線。

緣分這種東西，就是這麼複雜。

如果剛剛茹茵真的讓小晴去問個清楚，到底方正在歐洲的友人是誰，情況就會徹底不同。

方正在幾年前認識了黃泉委託人任凡，與茹茵也算是青梅竹馬的朋友，兩人都在彼此的心中，留下難以抹滅的傷痕。

另外一方面，引導著小晴，學習如何跟鬼溝通，打開她人生另一扇門的人，就是任凡已經過世的母親謝佳儀，也正是他前去歐洲想要拯救的靈魂。

而兩隊人馬各自思念那位在歐洲的朋友——江飛燕與謝任凡，也即將在一年後相遇，在歐洲引起一場撼動黃泉界的大戰。

這一切，都是糾纏的因果線，也是眾人無法擺脫的宿命。

2 被遺忘的爐婆

如今一切的真相都已經大白。

殺害茗蒔的兇手，竟然就是茗蒔的父親。

當然，這一切都符合借婆說的，都是輪迴的命運。

兇手已經伏法，雖然不是法律上的制裁，而是更直接的，對方正來說，要寫這種報告才是最苦惱的。

可是，不知道為什麼，佳萱總覺得整起案件，應該可以有更好的解決之道。

可惜的是，茗蒔的父親一定要選擇這樣損人而不利己的方式解決。

放手，才是終結因果的開始。

借婆的話，在佳萓腦海中浮現。

的確正如借婆所說的，如果茗蒔的父親可以放手，那麼這一切的因果，就會在這一世結束。

可是一旦被仇恨駕馭了，就只能永遠被因果牽著鼻子走。

在認識了借婆之後，佳萓一直感覺到人類的渺小，而且似乎許多人都無法擺脫自己的宿命。

一切的一切彷彿都是算好的。

一想到這裡，佳萓突然想到，那麼我們呢？

在這條因果線之下，我們又到底扮演著什麼角色？

如果將這樣的想法，套用在自己人生上，那麼所有萍水相逢，所有的朋友不都是因果之下的產物嗎？

那麼自己跟方正又是什麼樣的因果呢？

佳萓坐在客座，轉過頭看著方正的臉。

只見方正眉頭緊蹙，側著頭好像很苦惱的模樣。

「怎麼啦？」佳萓問。

「嗯……不知道耶，總覺得我好像忘記了什麼事情……」

「哪一方面的事情？」

方正又歪著頭想了一下，然後緩緩搖搖頭表示不知道。

這時，類似的感覺也浮現在佳萱的心中。

的確，被方正這麼一說，連佳萱也覺得好像忘記了什麼。

兩人就這樣沉默不語一陣子，然後同時睜大了眼睛，異口同聲地叫了出來。

「啊！」兩人互看了一眼，一起叫道：「爐婆！」

上班日的台北，一到了八點多，外面就人聲鼎沸、車水馬龍。

來來去去忙碌的上班族，每個人都是面無表情的模樣。

但是這樣的情形，到了這個巷口都會有所改變。

所有來來去去的人們，到了這裡，都會不自覺地看向那個站在巷口的人。

只見一個阿婆，全身穿著道袍，揹著大包小包的東西，背上還插著一把桃木劍。

阿婆臉上充滿殺氣，兩眼彷彿就快要噴出怒火般沸騰。

從昨天晚上，就一直站在這裡等待方正的爐婆。

從夜深等到日出，一直等不到方正。

不僅如此，就連手機也沒有辦法接通。

擔心又生氣的爐婆，就這樣一直掙扎著要不要回去，不知不覺就站到了天明。

「臭小子！」爐婆怨恨地大吼：「你死定啦——」

天空是一片蔚藍，但是方正的前途則不然。

3

借婆又回到了任凡的辦公室中。

「無話可說了吧？看著大家被因果輪迴所苦，才是妳真正的目的吧？」

佳萱的話，再次浮現在借婆的腦海裡面。

的確，有些事情，借婆已經失去了那顆感同身受的心。

畢竟，這數千數萬年的歲月之中，她已經看過不知道多少悲慘的故事。

但是，也正因為如此，她才能夠像現在這樣，遊走在因果之中，不至於覺得痛苦。

借婆閉上眼睛。

這一次，她覺得非常痛苦。

這筆債，真的是她人生之中，最沉重，也是最可以感同身受的一筆債。

或許，不，這真的是屬於自己的因果啊。

套一句因果最常用的話——這還真是報應吧。

想要自嘲地笑一下，可是嘴角卻怎麼樣也上揚不起來。

借婆知道，今天的這條因果線，是一切的開端。

既然開了頭，說什麼也無法不繼續走下去了。

彷彿知道了借婆的哀傷，八卦杖緩緩地轉動著。

今天，就這麼一次，讓我沉溺在哀傷中吧。

借婆這麼告訴八卦杖。

但是就連借婆也無法預料，這一連串的因果線，身為主角的人們，會有什麼樣的選擇。

這跟過去借婆所處理過的無數因果一樣，都充滿了變數。

唯一不同的是，這一次，就連借婆都是因果線的一員。

借婆嘆了口氣，將八卦杖輕輕敲了一下，整個人消失於黑暗之中，只剩下空蕩蕩的辦公室與借婆的嘆息聲。

番外．行動小組的誕生

在方正開始靠著靈晶，看得到另外一個世界的狀況之後，方正的事業，也宛如搭上火箭般一飛衝天。

後來在警界大放異彩的方正特別行動小組，也是靠著全組上下的成員，都有著高靈力與陰陽眼的關係，完成了許多不可能的任務。

不過，其實在一開始的時候，方正並沒有想要組織一個擁有陰陽眼小組的想法。

會讓他做出這樣的決定，其實跟一個案件有不可分的關係。

那天，方正處理完了案件之候，剛好在乾媽爐婆家的附近，於是他買了點禮品之後，前去拜訪乾媽爐婆。

雖然不是很贊成乾媽老是這樣像神棍一樣騙人，不過經過了一段時間後，進去之前多少還是會看一眼，確定乾媽沒有客人，才進入屋內。

「乾媽，」方正對屋內打了聲招呼：「在嗎？」

屋內傳來了爐婆回應的聲音，要方正自己先坐一下，於是方正便將禮品放在桌上，自己先坐了下來。

才剛坐下來，腦海裡就浮現了剛剛在現場時候看到的景象。

那實在是個讓人不悅的場景啊……

如果可以的話，方正實在不想要再回憶起剛剛的景象。

等了一會之後，後面的房間傳來了點聲響，方正轉向房門口，只見爐婆正準備從後面的房間走出來。

誰知道爐婆前腳才剛踏出房門，視線一對到方正，臉立刻沉了下來。

爐婆走到了平常接待客人、工作用的桌子那邊坐了下來，然後揮揮手要方正到對面坐下。

看到爐婆這麼做，方正一臉狐疑，站起身來走過去。

「乾媽，」方正皺著眉頭：「有必要——」

方正話還沒有說完，就被爐婆喝斥。

「閉嘴，」爐婆斥道：「叫你坐你就坐，不要多話，照我的話做。」

平常爐婆很少這樣認真，一臉嚴肅的模樣，讓方正有點愣了，不敢多話，只能乖乖照著爐婆所說的做。

「來！點香、插爐！」方正才剛坐下來，爐婆就下了這樣的指示。

爐婆就好像平常在接待客人時那樣，只是省略了那些客套與虛偽的台詞，要方正照著她的步驟做。

方正雖然充滿疑惑，不過看到爐婆板著一張臉，也不敢違逆，就只能照著做。點了香，將香插入桌子中央內嵌的香爐之中，照過去方正看爐婆做生意的模樣，接下來爐婆肯定會要方正看那裊裊升起的煙，然後說自己沒有慧根，於是就到了收錢的時候了。

方正心想，如果到了要收錢的時候，自己至少也要先搞清楚怎麼回事才行。

不過就在方正這麼想的時候，爐婆完全沒有要他看煙的意思。

只見爐婆依然沉著臉，然後用手在嘴唇上比了一下，要方正不要開口，然後緩緩地低下了頭。

爐婆低著頭，不發一語，這場面看起來實在很詭異，於是坐立不安的方正，過了一會，正準備開口發問，誰知道對面的爐婆，突然用力拍著桌子，大聲罵道：「大膽！」

這一下讓方正嚇到整個人一縮，高大的身軀頓時縮小。

「真是好大膽！」低著頭的爐婆繼續喝斥：「太歲爺上動土，都到這種地方了，竟然還敢貼著人？」

話一說完，爐婆猛一抬頭瞪向方正這邊。

原本還以為自己做錯什麼事情，惹爐婆火大，不過仔細一看，爐婆所看的地方，似乎不是自己的臉……而是有點稍微歪向旁邊，差不多在自己肩膀的位置。

就算方正再怎麼沒慧根，加上剛剛爐婆說的話，大概也猜到怎麼回事了。

瞬間會意過來的方正，瞪大了眼，完全不敢亂動，就連呼吸都不敢了。

屏住了氣的方正，哭喪著臉，看著眼前的爐婆。

爐婆用手在香爐上方繞了一圈之後，站起身來對準方正的身後打出一掌。

根本不敢動彈的方正瞪大眼，看著爐婆凌空揮出這一掌，與此同時，一道聲音突然從自己的右耳旁爆發出來。

「啊——」

一陣刺耳的尖叫聲，讓原本不敢動的方正，立刻用力摀住自己的耳朵，並且向旁邊一倒，整個人倒在地板上。

等到方正從地上掙扎坐起身來，就看到一團黑影在屋內四處亂竄，只見爐婆抓起香爐裡的香，衝上前去，看準了黑影的動向，一香插中了那黑影。

黑影再度發出了一聲尖叫，爐婆一個墊步跳到了桌子旁，將香朝香爐一甩，整支香就這樣插入香灰中，那淒厲的尖叫聲也隨著香被掩沒的同時，頓時消失，整個空間又回復到寧靜。

驚魂未定的方正，瞪大雙眼，不知道發生什麼事情，因此也不敢貿然起身。

「你啊，」爐婆白了方正一眼：「真是不知死活，有東西跟著你都不知道。」

原來爐婆剛剛才從後面走出來，就看到了方正的身後，緊緊貼著一個東西，雖然說沒看清楚對方的容貌，不過可以肯定的是，這個跟著的傢伙，絕對不會是什麼好東西。

「我不是有跟你說，」爐婆一邊唸，一邊把坐倒在地上的方正拉起來：「不要黑白看，有些時候那些鬼，知道你看得到，就不會放過你。」

「知道是知道，」方正苦著臉說：「不過很難啊，它們有時候就在現場，妳要我怎麼不看啦？」

先不要說需要問它們口供，不可能不看它們，光是它們有時候就在命案現場的各個角落，眼光要完全避開，真的很有難度。

畢竟那些鬼魂不知道是太有創意，還是說本性如此，特別容易引人注意。

從方正的經驗來說，有的明明就是鬼，還在那邊故意躲躲藏藏，那也就算了，要躲你好好躲，還三不五時冒出個頭，在那邊偷窺的樣子，真的讓人哭笑不得。

你要嚇大剌剌看，反正陰陽兩隔，一般人看不到你，你要嚇就躲好，不要有恃無恐地在那邊探頭啊！

「很難？」爐婆挑眉：「你是不會用眼角餘光瞄喔？一定要大眼瞪小眼？」

「誰可以啊？」方正一臉委屈。

不過方正不知道的是，這個世界上，真的有人可以靠著眼角餘光來看東西，甚至可以做到細微觀察的地步。

「好吧，」爐婆回到自己的位置坐了下來：「說說你到底是去哪裡招惹到這個鬼魂的。」

當然，剛剛才從命案現場回來的方正，理所當然把剛剛的案件告訴了爐婆，因為那裡是最有可能惹到這個鬼魂的地方。

剛剛方正去看的，是一起為了家產而發生的滅門慘案。

一家人為了討論老人家過世之後的家產該怎麼處理而群聚一堂，結果卻因為長年的怨恨，導致家人中，一個長年都窩居在家當啃老族，而被家中其他人瞧不起的第三代，受不了多年歧視，以及遺產分配不均的問題，跟其他人起了衝突，最後就動手殺了全家，而他在犯案之後也結束了自己的生命。

雖然說就案件本身，似乎沒有什麼太大的問題，畢竟兇嫌也自盡了，案子基本上在被發現的同時，也已經偵破了。

不過由於那一家人在地方上有點聲望，加上案件本身吸引了一些媒體的目光，上頭怕不夠周詳，於是派了方正前去了解一下，看看有沒有什麼地方需要注意與加強。

雖然說就案件本身的狀況來說，並沒有什麼太大的問題，不過跟阿宏一起前往的方正，最痛苦的地方還是在於，那場家庭會議，其實還一直在進行著。

即便死後，也還在繼續爭執，面對那一家人火爆爭執的場面，即便到了死後還持續著，真的讓方正感覺到渾身不舒服。

在聽完方正的描述之後，爐婆搖搖頭嘆口氣。

「應該是家產有問題，」爐婆語重心長地說：「我以前處理過很多類似的案件，繼承了家產之後，家人陸陸續續遭遇不測，大部分都是家產出了問題。」

「家產有問題？」

「嗯，」爐婆嘆了口氣，搖搖頭說：「正所謂為富不仁，人無橫財不富啊，不義之財，傳給子孫，很容易會出事。」

聽到爐婆這麼說，方正側著頭。

「那這種時候怎麼辦？」

「怎麼辦？」爐婆一臉理所當然地說：「花錢消災啊。」

「請妳消災嗎？」方正白了爐婆一眼。

「當然，」爐婆回敬方正一個白眼：「不然請你消你消得了嗎？」

「可是，只是繼承了財產，就得要死……身為子孫不會很無辜嗎？」

「無辜？」爐婆摸摸下巴說：「前人種樹，後人乘涼，祖先積陰德，後代享清福，怎麼都沒聽人說不應該？福可享，禍不可當，這樣說不過去吧？」

聽到爐婆這麼說，方正也確實沒話說了。

「所以，」爐婆說：「情有可原，但是卻稱不上無辜吧？」

「既然這樣，」方正說：「那跟我有什麼關係，幹嘛跟著我？」

「就是我一開始說的啊，」爐婆說：「因為你黑白看，人家知道你看得到，就會自然而然跟著你啦。」

這點其實也不需要爐婆說了，方正大概也了解到，尤其是像這樣橫死的人，很容易因為跟他看上一眼，就被跟著。一般的白靈也就算了，萬一跟的是兇惡的黑靈，情況可能就很糟糕了。

在爐婆的解釋之下，方正才了解，原來在某些情況之下，有些時候一些老一輩的遺產，來源都可能有點問題，有些甚至害死過人，那些被害死的人，多半都會跟著遺產，把那些怨恨跟著遺產傳給子孫。

而有些情況比較嚴重的，都會發生許多不祥之事，如果在這種情況下身亡的人，都算是枉死的一種，在怨恨的影響之下慘死的人，也常常會變成類似黑靈的狀況，只要看到有機會，就可能自然跟著他人，目的多半都是為了宣洩這樣的仇恨，跟那些抓交替的有異曲同工之妙。

過去類似這樣的情況，爐婆也有接觸過，所以遇到類似的情況，往往爐婆也都會詢問對方家裡最近有沒有喪事，主要也是這樣的原因。

因此剛剛看到了方正背後有跟著這樣的靈體，加上聽完方正的話，是跟遺產有關的慘案，才會推測可能是這個原因導致的。

「這次你那個手下有沒有跟你一起去？」爐婆問。

這裡爐婆所說的手下，指的是這段時間一直跟在方正身邊的阿宏，在方正特別行動小組剛成立的時候，就是阿宏一直跟在方正的身邊協助方正，不過阿宏完全沒有陰陽眼。

方正先是點點頭，然後問：「該不會連他也……」

「嗯，」爐婆無奈地說：「很有可能。」

爐婆說完之後，到旁邊的櫃子拿了些東西，然後將那些東西裝到袋子裡面，拿給方正。

「每個人，」爐婆說：「都有自己選擇的路，你已經選擇了，但是你的手下沒有選擇，不是嗎？」

聽到爐婆這麼說，方正點了點頭。

確實，方正在看得到另外一個世界之後，選擇要好好利用這個優勢來辦案，這是方正自己的選擇，但是阿宏看不到，不過卻可能因為方正看得到，而忽視那些看不到的危險。

爐婆要方正立刻去幫阿宏化解，並且把使用的方法告訴方正。

「這次我們幫得了他，」臨行前，爐婆對方正說：「下次就不一定了，我看啊，你還是找個看得到的，比較安全啦。」

就這樣，離開了爐婆的住所，方正立刻找上了阿宏，照爐婆交代的那樣，幫阿宏趕走身後的黑影。

然而為時已晚，那時候的阿宏，已經見到了那個跟著他的鬼。

早就已經被嚇到暈過去的阿宏，在清醒之後，因為無法接受鬼魂存在的事實，更無法接受自己這些日子以來，佩服到五體投地的方正，竟然是靠著看得到鬼魂的優勢來辦案，雙重打擊下，讓阿宏精神狀況變得極不穩定，在醫院住了好一段日子後，黯然離開警界。

而差不多也在這個時候，上面下令要擴編方正特別行動小組，方正也決定改變自己的方針與策略，換成全部都是擁有陰陽眼的警官。於是方正開始在警界尋找有陰陽眼的警員，幾個月後，方正特別行動小組正式完成擴編，警界中幾乎所有有陰陽眼的警員，都被網羅到方正的麾下，而方正特別行動小組，也開始了他們的傳奇。

後記

大家好，我是龍雲，很高興在這邊跟大家見面。

《幻世新娘》是第二部《黃泉委託人》的開始，主要講的也是方正特別行動小組的故事。其實第二部的故事，我原本給它的名稱，叫做借婆傳奇。

相信看過小說的朋友，應該都知道，借婆是專門處理人世間剪不斷、理還亂的因果。

剛好這時候，在寫的《驅魔教師》系列，也有許許多多恩恩怨怨，尤其是第三部，更是充滿各種因果輪迴感覺，所以有時候也確實會想到，如果讓借婆或任凡來處理這些事情，會有什麼樣的情況與結果。

這大概就是小說有趣的地方吧？

可以讓完全不同時空的角色，交換立場面對完全不一樣的情況。

雖然說《黃泉委託人》系列跟《驅魔教師》系列，是完全不同的兩個系列與時空，但是在某一個事件方面，卻有著相同的設定，有興趣的朋友不妨注意一下。

不過就《黃泉委託人》來說，本集距離這個設定還有點遠，等到差不多快要結局的時候，才會慢慢揭開這個部分，也請大家拭目以待。

最後，還是希望大家喜歡這一集的內容，那麼我們下次再見。

龍雲

作者　龍雲
封面繪圖　啻異
總編輯　莊宜勳
主編　鍾靈
責任編輯　黃郁潔
美術設計　三石設計

出版者　春天出版國際文化有限公司
地址　台北市信義區信義路四段458號3樓
電話　02-7718-0898
傳真　02-7718-2388
E-mail　story@bookspring.com.tw
網址　http://www.bookspring.com.tw
部落格　http://blog.pixnet.net/bookspring
郵政帳號　19705538
戶名　春天出版國際文化有限公司
法律顧問　蕭顯忠律師事務所
出版日期　二〇一八年七月初版
定價　199元

總經銷　楨德圖書事業有限公司
地址　新北市新店區寶興路45巷6弄6號5樓
電話　02-8919-3186
傳真　02-8914-5524

龍雲作品

黃泉委託人：幻世新娘

國家圖書館出版品預行編目資料

黃泉委託人：幻世新娘 ／ 龍雲 著. — 初版. —
臺北市：春天出版國際, 2018. 07
面；　公分. —（龍雲作品；24）
ISBN 978-986-9609-65-4（平裝）
857.7　　107009985

ISBN 978-986-9609-65-4
Printed in Taiwan

龍雲
作品

龍雲
作品